Mérito

Rachel Cusk

Mérito

tradução
Fernanda Abreu

todavia

Ela se levantou e foi embora
Será que não deveria? Não deveria o quê?
Ter se levantado e ido embora.

Sim, acho que deveria
Porque estava ficando mais escuro.

Estava o quê? Ficando mais escuro. Bem,
Ainda restava um pouco
De dia quando ela foi embora, enfim,
O suficiente para ver o caminho.
E era a última vez que ela teria conseguido…
Conseguido?… se levantar e ir embora.
Era a última vez a última mesmo porque
Depois disso ela não poderia mais
Ter se levantado e ido embora.

Stevie Smith, "Ela se levantou e foi embora"

O homem ao meu lado no avião era tão alto que não cabia na poltrona. Seus cotovelos escapavam por cima dos descansos de braço e os joelhos estavam prensados contra a poltrona da frente, fazendo a pessoa sentada nela olhar para trás irritada toda vez que ele se mexia. O homem se contorceu, tentando cruzar e descruzar as pernas, e sem querer chutou a pessoa à sua direita.

"Desculpe", falou.

Passou alguns minutos sentado sem se mexer, respirando profundamente pelas narinas com as mãos fechadas no colo com força, mas em pouco tempo ficou inquieto e voltou a tentar mexer as pernas, fazendo a fila inteira de poltronas na sua frente sacudir para a frente e para trás. Acabei perguntando se ele queria trocar de lugar, já que a minha poltrona ficava no corredor, e ele aceitou efusivamente, como se eu tivesse lhe oferecido uma oportunidade de negócios.

"Em geral viajo de executiva", explicou enquanto nos levantávamos e trocávamos de lugar. "Tem bem mais espaço para as pernas."

Ele se esticou no corredor e apoiou a cabeça no encosto da poltrona, aliviado.

"Muito obrigado", falou.

O avião começou a avançar pela pista devagar. Meu vizinho deu um suspiro satisfeito e pareceu pegar no sono quase no mesmo instante. Uma aeromoça chegou pelo corredor e parou em frente às pernas dele.

"Senhor?", disse ela. "Senhor?"

Ele acordou sobressaltado e tornou a se encolher desajeitadamente no espaço exíguo à frente para ela poder passar. O avião parou por alguns minutos, então avançou, então tornou a parar. Pela janela dava para ver uma fila de aviões esperando a vez. A cabeça do homem começou a pender, e logo suas pernas estavam outra vez esticadas no corredor. A aeromoça voltou.

"Senhor?", disse ela. "O corredor precisa ficar desimpedido para a decolagem."

Ele endireitou as costas.

"Desculpe", falou.

Ela se afastou e aos poucos a cabeça dele começou a pender outra vez. Lá fora uma névoa pairava sobre a paisagem cinza e chapada e parecia se fundir com o céu nublado em faixas horizontais de variações tão sutis que quase se assemelhavam ao mar. Nas poltronas da frente, uma mulher e um homem conversavam. Que tristeza, disse ela, e o homem respondeu com um grunhido. É uma tristeza mesmo, repetiu ela. Barulhos de passos se fizeram ouvir no corredor acarpetado e a aeromoça reapareceu. Levou a mão ao ombro do meu vizinho e o sacudiu.

"Lamento, mas vou ter que pedir ao senhor para manter suas pernas fora do caminho", disse ela.

"Desculpe", disse o homem. "É que eu não estou conseguindo ficar acordado."

"Vou ter que pedir para o senhor ficar", disse ela.

"É que na verdade não dormi ontem", disse ele.

"Lamento, mas isso não é problema meu", disse ela. "O senhor está pondo os outros passageiros em risco ao obstruir o corredor."

Ele esfregou o rosto e tornou a se ajeitar na poltrona. Pegou o celular, deu uma olhada nele e tornou a guardá-lo no bolso. A aeromoça aguardou, observando-o. Por fim, parecendo convencida de que ele tinha mesmo lhe obedecido, foi embora. Ele balançou a cabeça e fez um gesto de incompreensão como para uma plateia invisível. Estava na casa dos quarenta anos, tinha um rosto ao mesmo tempo bonito e comum e seu corpo alto estava vestido com a neutralidade limpa e bem passada a ferro das roupas de fim de semana de um executivo. No pulso usava um relógio de prata pesado e nos pés, sapatos de couro de aspecto novo; exalava um ar de masculinidade anônima e levemente provisória, como um soldado de uniforme. A essa altura o avião tinha avançado pela fila com várias paradas e se virava lentamente num grande arco em direção à pista de decolagem. A névoa havia se transformado em chuva e gotas escorriam pelo lado de fora da janela. O homem olhava para o asfalto reluzente lá fora com uma expressão exausta. O estrondo das turbinas foi aumentando à nossa volta e o avião por fim acelerou para a frente e então se ergueu, inclinado e chacoalhando por entre camadas de nuvens volumosas e espessas. Durante algum tempo o tabuleiro verde opaco dos campos lá embaixo, com suas casas semelhantes a quadradinhos e seus grupos de árvores reunidas, voltou a aparecer por entre rasgos esporádicos no cinza antes que ele se fechasse por cima deles. O homem deu outro suspiro profundo e em poucos minutos tinha voltado a dormir, a cabeça caída para a frente, sobre o peito. As luzes da cabine se acenderam piscando e começaram os ruídos de atividade. Em pouco tempo a aeromoça estava na nossa fileira, onde o homem adormecido tinha mais uma vez esticado as pernas no corredor.

"Senhor?", disse ela. "Com licença? Senhor?"

Ele levantou a cabeça e olhou em volta, atordoado. Ao ver a aeromoça ali em pé com seu carrinho, vagarosamente e com esforço encolheu as pernas para ela poder passar. Ela o observou com os lábios contraídos e as sobrancelhas arqueadas.

"Obrigada", falou, com um sarcasmo que mal conseguiu disfarçar.

"Não é culpa minha", disse ele.

Seus olhos maquiados pousaram nele por alguns instantes. Sua expressão era fria.

"Só estou tentando fazer o meu trabalho", disse ela.

"Eu entendo", disse ele. "Mas não é culpa minha as poltronas serem tão apertadas."

Houve uma pausa durante a qual os dois se entreolharam.

"Isso o senhor vai ter que reclamar com a companhia aérea", disse ela.

"Estou reclamando com a senhora", disse ele.

Ela cruzou os braços e empinou o queixo.

"Em geral viajo de executiva", disse ele, "então isso não costuma ser um problema."

"Neste voo nós não oferecemos classe executiva", disse ela. "Mas muitas outras empresas oferecem."

"Então a sua sugestão é que eu voe com outra companhia", disse ele.

"Exato", disse ela.

"Maravilha", disse ele. "Muito obrigado."

Ele deu uma risada amarga que pareceu um latido para as costas dela que se afastavam. Por algum tempo continuou sorrindo constrangido, como alguém que acabou pisando no palco por engano, e então, pelo visto para disfarçar a sensação de estar exposto, virou-se para mim e perguntou o motivo da minha viagem à Europa.

Eu disse que era escritora e estava indo falar num festival literário.

Na mesma hora, seu rosto adquiriu uma expressão de interesse educado.

"Minha mulher é uma leitora voraz", disse ele. "Ela faz parte de um daqueles clubes do livro."

Um silêncio se fez.

"Que tipo de coisa a senhora escreve?", perguntou depois de algum tempo.

Eu disse que era difícil explicar, e ele assentiu com a cabeça. Ficou tamborilando com os dedos nas coxas e batucando um ritmo desconexo com os sapatos no carpete do piso. Balançou a cabeça de um lado para outro e esfregou os dedos vigorosamente no couro cabeludo.

"Se eu não conversar", disse ele por fim, "vou acabar dormindo outra vez."

Disse isso de modo pragmático, como se estivesse acostumado a solucionar problemas às custas de um sentimento pessoal, mas quando me virei e olhei para ele fiquei surpresa ao ver uma expressão de súplica no seu rosto. Seus olhos tinham as bordas vermelhas e as escleras amareladas e os cabelos bem cortados estavam arrepiados no ponto em que ele os havia esfregado.

"Parece que eles abaixam o nível de oxigênio na cabine antes da decolagem para deixar as pessoas com sono", disse ele, "então na verdade não deveriam reclamar quando funciona. Eu tenho um amigo que pilota estes troços", acrescentou. "Foi ele quem me contou."

O mais estranho em relação a esse amigo, seguiu dizendo o homem, era que apesar da profissão ele era um ambientalista fanático. Dirigia um carro elétrico minúsculo e gerava toda a energia de casa com painéis solares e turbinas eólicas.

"Quando vai jantar na nossa casa", disse ele, "o cara fica perto das latas de lixo reciclável quando todo mundo já está para lá de Bagdá, separando as embalagens de alimentos e os restos. Suas férias ideais", disse ele, "consistem em carregar todas as suas coisas sozinho até o topo de uma montanha no

País de Gales e ficar sentado dentro de uma barraca na chuva por quinze dias conversando com as ovelhas."

Entretanto, esse mesmo homem regularmente vestia um uniforme e entrava no cockpit de um aparelho de cinquenta toneladas que cuspia fumaça para transportar uma cabine inteira de bêbados em férias até as Ilhas Canárias. Era difícil pensar numa rota de voo pior, mas seu amigo estava nela havia anos. Ele trabalhava para uma companhia aérea de baixo custo que praticava as economias mais brutais e ao que parecia os passageiros se comportavam como animais de zoológico. Ele os levava brancos e os trazia de volta cor de laranja, e apesar de ganhar menos do que qualquer outra pessoa no seu círculo de amigos doava metade da sua renda para instituições de caridade.

"Mas o fato é que ele é um cara superbacana, de verdade", disse o homem. "Eu o conheço há anos e é quase como se, quanto piores as coisas ficam, mais bacana ele se torna. Uma vez me contou", disse ele, "que no cockpit eles têm uma tela em que podem ver o que está acontecendo na cabine. Disse que no início não conseguia suportar olhar para aquilo, porque era deprimente ver como aquelas pessoas se comportavam. Mas depois de um tempo ele começou a ficar meio obcecado nisso. Já assistiu a centenas de horas dessas cenas. É meio como uma meditação, segundo ele. Mesmo assim", disse o homem, "eu não conseguiria suportar trabalhar nesse mundo. A primeira coisa que fiz quando me aposentei foi picotar meu cartão de milhagem. Jurei nunca mais pisar num avião desses."

Eu disse que ele parecia bem jovem para estar aposentado.

"Eu tinha uma planilha na minha área de trabalho chamada 'Liberdade'", disse ele com um sorriso de viés. "Eram basicamente colunas de números cuja soma precisava atingir um certo valor e quando isso acontecesse eu poderia parar."

Ele tinha sido diretor de uma empresa multinacional, disse ele, emprego que o obrigava a viver longe de casa. Não era raro, por exemplo, visitar Ásia, América do Norte e Austrália no intervalo de duas semanas. Certa vez tinha ido até a África do Sul para uma reunião e pegado um avião de volta assim que a reunião acabara. Em várias ocasiões ele e a mulher tinham verificado onde ficava o meio do caminho entre suas respectivas localizações e se encontrado ali para umas férias. Uma vez, quando a filial da Australásia da sua empresa passou por uma crise e ele precisou ficar lá para resolver a situação, ficou três meses sem ver os filhos. Começara a trabalhar aos dezoito anos e agora tinha quarenta e seis e esperava ainda ter tempo suficiente para refazer todo o seu percurso profissional na direção contrária. Tinha uma casa na região de Cotswolds na qual mal pusera os pés e uma garagem inteira cheia de bicicletas, esquis e equipamentos esportivos que nunca tivera tempo de usar; tinha amigos e parentes a quem havia passado as duas décadas anteriores basicamente dizendo oi e tchau, uma vez que em geral estava ou indo viajar e precisava se preparar e ir para a cama cedo, ou então voltando exausto. Tinha lido em algum lugar sobre um método de punição medieval que consistia em confinar o prisioneiro num espaço especialmente projetado para impedi-lo de conseguir esticar completamente os membros em qualquer direção e, embora só de pensar nisso começasse a transpirar, esse era mais ou menos o resumo do modo como ele tinha vivido.

Perguntei se a sua libertação dessa prisão tinha feito jus ao título da sua planilha.

"Engraçado a senhora perguntar isso", disse ele. "Desde que parei de trabalhar, constatei que vivo entrando em bate-bocas com os outros. Minha família reclama que, agora que estou em casa o tempo todo, vivo tentando controlá-los. Não chegaram a dizer", acrescentou ele, "que prefeririam voltar ao jeito que as coisas eram antes. Mas sei que é isso que estão pensando."

Ele não conseguia acreditar, por exemplo, em como sua família acordava tarde. Durante todos aqueles anos que passara saindo de casa antes do amanhecer, pensar em suas figuras adormecidas no escuro muitas vezes o fizera se sentir focado e protetor. Se ele tivesse percebido o quanto eles eram desocupados, talvez não tivesse sentido a mesma coisa. Às vezes precisava esperar até a hora do almoço para todos acordarem; tinha começado a entrar em seus quartos e abrir as cortinas, como seu pai costumava fazer quando ele era pequeno, e levara um susto com a hostilidade provocada por esse ato. Tentara organizar os horários das suas refeições — todos, ele havia descoberto, comiam alimentos diferentes em horários diferentes do dia — e instaurar uma rotina de exercícios e estava se esforçando muito para acreditar que a absoluta revolta que isso causava era uma prova da sua necessidade.

"Passo um tempão conversando com a faxineira", disse ele. "Ela chega às oito. Diz que vem lidando com esses problemas há anos."

Ele contou tudo isso num tom de confidência desconcertado e descontraído que deixou claro que seu objetivo ao dizer aquilo era entreter, não causar consternação. Um sorriso zombeteiro vivia ameaçando surgir em seus lábios, deixando entrever uma fileira retinha de dentes fortes e brancos. Ele fora ficando mais animado conforme falava e seu comportamento desesperado e atordoado tinha se suavizado no semblante tranquilo do contador de histórias. Tive a impressão de que ele já havia contado aquelas histórias antes e gostava de contá-las, como se tivesse descoberto o poder e o prazer de reviver acontecimentos cujo ferrão fora removido. O truque, constatei, era chegar perto o suficiente do que parecia ser a verdade sem permitir que aquilo que você de fato sentia em relação a ela retomasse o controle sobre você.

Perguntei-lhe como, considerando o que tinha jurado, ele estava agora de novo a bordo de um avião.

Ele sorriu, outra vez de modo um pouco descarado, e correu uma das mãos pelos finos cabelos castanhos.

"Minha filha vai tocar num festival de música lá", falou. "Ela toca na orquestra da escola. Toca, ahn... ela toca oboé."

Ele devia ter voado na véspera com a mulher e os filhos mas seu cachorro ficara doente e ele tivera que deixá-los viajar sem ele. Talvez aquilo soasse ridículo, mas o cachorro era provavelmente o membro mais importante da família. Ele tivera de passar a noite inteira em claro com ele, depois pegar o carro e ir direto para o aeroporto.

"Para ser bem sincero, eu não deveria ter dirigido", disse ele numa voz baixa, pousando o cotovelo no descanso de braço entre nós. "Mal conseguia enxergar direito. Ficava passando por umas placas na estrada com as mesmas palavras escritas, passando e repassando sem parar, e comecei a pensar que elas tinham sido postas ali para mim. A senhora sabe de que placas estou falando... elas estão por toda parte. Levei séculos para entender o que eram. Cheguei a me perguntar", disse ele com seu sorriso desconcertado, "se na verdade eu estava ficando maluco. Não entendia quem tinha escolhido aquelas placas, nem por quê. Elas pareciam estar se dirigindo a mim pessoalmente. É claro que eu acompanho as notícias", disse ele, "mas estou meio defasado desde que parei de trabalhar."

Falei que de fato a questão de sair ou ficar era uma pergunta que nós em geral nos fazíamos em privado, a ponto de ser quase possível dizer que ela constituía o âmago da determinação pessoal. Quem não conhecesse a situação política do nosso país poderia pensar que estava assistindo não às maquinações de uma democracia, mas à rendição final da consciência pessoal diante da esfera pública.

"O mais engraçado", disse o homem, "é que eu senti que vinha fazendo essa pergunta a mim mesmo desde que me conheço por gente."

Perguntei o que tinha acontecido com o cachorro.

Por alguns instantes ele pareceu confuso, como se não conseguisse recordar de que cachorro eu estava falando. Então franziu a testa, franziu os lábios e exalou um grande suspiro.

"É uma história meio comprida", disse ele.

O cão — seu nome era Piloto — na verdade era bem velho, disse ele, embora só de olhar não desse para perceber. Ele e a mulher tinham pegado Piloto logo depois de se casarem. Haviam comprado sua casa no campo, disse ele, e era um lugar ideal para ter um cachorro. Piloto era um filhotinho, mas mesmo então já tinha umas patas enormes; eles sabiam que a raça podia ficar muito grande, mas nada os havia preparado para o tamanho extraordinário que Piloto acabou atingindo. Toda vez que pensavam que ele não tinha como ficar maior, ele crescia; às vezes era quase engraçado ver como fazia tudo à sua volta parecer desproporcionalmente pequeno, a casa, o carro e até mesmo eles dois.

"Eu sou particularmente alto", disse o homem, "e tem horas que a gente fica de saco cheio de ser mais alto que todo mundo. Mas quando ficava ao lado de Piloto, eu me sentia normal."

Como sua mulher estava grávida do primeiro filho deles, Piloto se tornou o seu projeto pessoal; na época ele não viajava tanto a trabalho e por vários meses passou a maior parte do seu tempo livre treinando o cachorro, passeando com ele pelas colinas e formando seu caráter. Nunca o mimava nem cedia a seus caprichos; exercitava-o com um rigor infalível e era comedido nas recompensas, e quando, ainda jovem, Piloto um dia perseguiu um rebanho de ovelhas, bateu nele com uma severidade e uma segurança que surpreenderam até a si mesmo. Acima de tudo, tomava cuidado com seu comportamento na frente de Piloto, praticamente como se o cachorro fosse humano, e de fato, ao atingir a maturidade, Piloto apresentava uma inteligência incomum, além de um latido feroz e um corpo gigantesco e musculoso. Tratava a família com uma sensibilidade e consideração que os outros achavam francamente fora do normal, embora com o tempo eles próprios tivessem se acostumado com isso. Quando o filho havia adoecido gravemente de pneumonia no ano anterior, por exemplo, Piloto havia passado noite e dia sentado em frente à porta do quarto do menino e automaticamente ia chamá-los se a criança precisasse de alguma coisa. Mostrava-se sensível às crises depressivas periódicas de sua filha e chegava a imitá-las, e eles às vezes só as notavam porque Piloto tinha ficado apático e retraído. Se algum desconhecido entrava na casa, contudo, ele se transformava num cão de guarda absolutamente vigilante e implacável. As pessoas que não o conheciam morriam de medo dele, e com razão, pois ele as teria matado sem hesitar caso elas tivessem representado qualquer ameaça para os membros da família.

Foi quando Piloto estava com três ou quatro anos de idade, prosseguiu o homem, que ele conseguiu sua grande oportunidade na carreira e começou a passar longos períodos longe de casa e sentiu que podia ir sabendo que a família estaria segura durante as suas ausências. Às vezes, disse ele, quando estava viajando, pensava no cachorro e sentia-se quase mais próximo dele do que de qualquer outro ser vivo. Assim, não poderia tê-lo abandonado quando ele precisou, apesar do fato de que a filha seria a principal solista do concerto e tinha passado semanas ensaiando. A apresentação fazia parte de um festival internacional e a plateia seria grande; era uma oportunidade fantástica. Mesmo assim, Betsy não queria sair de perto de Piloto. Ele havia cortado um dobrado para convencê-la a ir; era como se ela não confiasse nele para cuidar do próprio cachorro.

Perguntei que peça ela iria tocar, e ele tornou a passar a mão pelos cabelos.

"Na verdade, não sei bem", disse ele. "A mãe dela saberia, é lógico."

Na realidade, ele não tinha se dado conta de que a filha tocava oboé tão bem, acrescentou. A menina tinha começado a fazer aulas quando estava com seis ou sete anos e, para ser franco, o som sempre fora bem ruim, a ponto de ele precisar lhe pedir para tocar no quarto. O ruído estridente lhe dava nos nervos, particularmente depois de um voo longo. Muitas vezes ele ainda podia escutar o som esganiçado e penetrante através da porta fechada e se estivesse tentando dormir para se recuperar da diferença de fuso na verdade era bem irritante. Chegara a se perguntar uma ou duas vezes se ela fazia aquilo para persegui-lo, mas pelo visto ela ensaiava o mesmo tanto quando ele não estava lá. Às vezes ele chegava ao ponto de sugerir que talvez fosse mais saudável para ela ensaiar menos e fazer mais outras coisas, mas sua opinião fora recebida com um desdém comparável ao de suas tentativas de impor disciplina aos horários da família. E, para ser sincero, quando lhe perguntaram com o que ela deveria estar se ocupando, em sua opinião, tudo em que ele conseguia pensar eram os tipos de coisa que ele fazia na sua idade — socializar e ver televisão — e que por algum motivo considerava mais normais. Na opinião dele, quase nada em Betsy era normal. Por exemplo, ela sofria de insônia; que adolescente normal de catorze anos não consegue dormir? Em vez de jantar, ficava de pé na frente dos armários da cozinha levando punhados de cereal seco à boca direto da embalagem. Não saía nunca de casa, e como a mãe a levava de carro para todo lugar, raramente caminhava. Tinham lhe dito que, quando ele não estava, ela passeava com Piloto diariamente, mas como ele nunca havia testemunhado isso achava difícil de acreditar. Chegara ao ponto de ter começado a se perguntar como ela algum dia sairia de casa, e se eles talvez precisassem mantê-la ali para sempre, como alguma espécie de experimento fracassado.

Então, certa noite, Betsy estava tocando num concerto da escola e ele foi assistir junto com a mulher, e com todas as expectativas de se sentir secretamente entediado sentou-se imprensado numa pequena cadeira do auditório junto com os outros pais e mães. As luzes se acenderam e na frente da orquestra no palco surgiu uma menina que ele levou um tempão para reconhecer que era Betsy. Para começar, ela parecia bem mais velha; e havia outra coisa também, talvez o fato de ela não parecer precisar dele ou culpá-lo pelo problema da sua existência, o que constituiu um alívio surpreendente. Uma vez tendo aceitado que era ela, o que ele sentiu foi um medo terrível, ameaçador. Teve certeza absoluta de que ela daria um vexame e apertou a mão da mulher, acreditando que ela sentisse o mesmo. O maestro chegou — homem com quem ele se preparou imediatamente para antipatizar, vestido com uma calça jeans preta e um suéter preto de gola rolê — e a orquestra começou a tocar, e em determinado momento Betsy começou a tocar também. O que ele reparou foi na atenção com que ela observava esse maestro e reagia ao seu mais ínfimo gesto, meneando a cabeça e levando o instrumento à boca sem piscar os grandes olhos. Jamais tinha julgado a filha capaz de tamanha silenciosa proeza de intimidade e obediência, ele que nem sequer conseguia convencê-la a comer seu cereal numa tigela. Somente depois de alguns minutos ele relacionou a ela de modo mais literal o som misterioso e sinuoso; já tinha se sentado em plateias suficientes para saber que aquela ali estava encantada, enfeitiçada, e só então conseguiu de fato ouvir. O que escutou fez seus olhos verterem lágrimas em tal quantidade que as pessoas começaram a se virar nas cadeiras para olhá-lo. Depois do concerto, Betsy disse que dava para vê-lo chorando lá do palco por causa da sua altura. Disse que tinha sido constrangedor.

Perguntei por que ele achava que tinha chorado e os cantos da sua boca se curvaram inesperadamente para baixo, levando-o a tentar escondê-la com a mão grande.

"Para ser sincero", disse ele, "eu acho que sempre tive medo de haver algo errado com ela."

Eu disse que a meu ver as pessoas muitas vezes achavam mais fácil pensar isso em relação aos filhos do que em relação a si próprias, e ele me olhou como se estivesse considerando essa teoria por alguns instantes antes de balançar a cabeça com firmeza.

Desde muito pequena, falou, Betsy tinha sido diferente das outras crianças — e não de um jeito positivo. Era inacreditavelmente neurótica; quando eles iam à praia, por exemplo, não suportava a sensação da areia sob os pés, e eles tinham de carregá-la no colo por toda parte. Não suportava o som de determinadas palavras e gritava e tapava os ouvidos sempre que alguém as dizia. A lista de coisas que ela não comia e os motivos para isso era tão grande que era impossível acompanhá-la. Ela era alérgica a tudo e vivia sempre doente, além de, como ele já tinha dito, ser insone. Muitas vezes ele e a mulher acordavam no meio da noite e encontravam Betsy em pé ao lado de sua cama feito um fantasma, de camisola, olhando para eles. Conforme ela foi crescendo, o problema mais sério de todos tornou-se sua sensibilidade extraordinária ao que ela chamava de mentira, mas que na verdade era a sua percepção das convenções e padrões de fala normais das conversas adultas. Segundo ela, a maior parte do que as pessoas diziam era falso e insincero, e quando ele lhe perguntava como ela podia saber isso, ela respondia que dava para perceber pelo som. Como ele já dissera, até mesmo quando muito pequena o som de determinadas palavras era insuportável para ela, mas à medida que cresceu e começou a ir para a escola esse problema se tornou mais acentuado em vez de se atenuar. Eles a tinham mudado para outra escola, mais especializada em lidar com os seus problemas, mas mesmo assim os relacionamentos familiares e sociais ficavam um pouco dificultados quando sua filha saía correndo aos gritos do recinto com as mãos tapando os ouvidos só porque um dos convidados tinha dito estar tão cheio que não conseguiria comer a sobremesa ou que os negócios estavam bombando apesar da retração da economia. Ele e a mulher tinham se esforçado muito para tentar entender a filha a ponto de, quando conversavam depois de as crianças irem para a cama, tentarem inculcar em si mesmos a sensibilidade da menina, apurando os ouvidos para ouvir a insinceridade nas frases um do outro, e descobrirem ser de fato verdade que boa parte do que se dizia era bastante roteirizada e que se você realmente pensasse a esse respeito poderia admitir que poucas vezes correspondia ao modo como realmente se sentia. Mesmo assim, ainda tinham problemas com a filha com bastante regularidade e ele havia reparado que a mulher estava se tornando cada vez mais calada, o que acreditava ser por causa de Betsy, já que por criar esse campo minado em torno da comunicação era mais fácil não dizer absolutamente nada.

Talvez por esse motivo — por ele não poder falar, e portanto não poder mentir — Betsy adorava Piloto com um fervor por vezes inquietante. Mesmo assim, pouco tempo antes tinha ocorrido um episódio que o levara pela primeira vez a questionar a definição da verdade de Betsy e sua tirania em relação à narrativa. Ele a tinha levado consigo para passear com

Piloto e o cachorro de repente saíra correndo. Eles estavam no terreno de uma grande propriedade e por algum motivo ele não havia percebido que ali eram criados cervos e soltara Piloto da coleira. O cachorro em geral se mostrava escrupulosamente obediente com animais de fazenda, mas nessa ocasião tinha se comportado de um modo inteiramente atípico. Num instante estava ali ao lado deles, no instante seguinte tinha sumido.

"A senhora não imagina como o bicho foi rápido", disse ele. "Ele era um cachorro imenso e quando decidia se mover ninguém tinha a menor chance de pegá-lo. Ele aumentava a passada e simplesmente engatava outra marcha. Antes de nos darmos conta, já estava a cinquenta metros de distância", disse ele, "e nós simplesmente ficamos ali vendo ele sair voando pelo terreno. Quando o viram, os cervos começaram a correr, embora já fosse tarde para escapar. Deviam ser centenas. Não sei se a senhora já viu alguma coisa desse tipo", disse ele, "mas, de um jeito horrível, é uma visão linda. Eles correm todos juntos, feito água. Nós os assistimos se derramarem pelo terreno com Piloto em seu encalço e apesar de tudo fiquei quase hipnotizado com aquilo. Eles não paravam de fazer curvas e dar meia-volta formando um grande oito e Piloto os seguia, mas era quase como se os estivesse guiando, fazendo-os traçar algum desenho que já tinha na cabeça. Por cerca de cinco minutos eles ficaram fazendo isso, dando voltas e mais voltas naquelas grandes linhas sinuosas, então de repente foi como se ele tivesse ficado entediado ou decidido que aquilo precisava acabar. Sem qualquer esforço, simplesmente dobrou a velocidade, penetrou a massa do rebanho, escolheu um dos mais jovens e o derrubou. Havia uma mulher parada perto de nós", disse ele, "e ela começou a gritar conosco e a dizer que ia nos denunciar e mandar alguém vir abater o cachorro, e eu fiquei tentando acalmá-la e de repente ouvimos um barulho atrás de nós, olhamos para trás e Betsy tinha desmaiado. Ela estava deitada ali, totalmente apagada na grama, com sangue escorrendo da cabeça no lugar em que tinha batido numa pedra ao cair. Sério", disse ele, "parecia que estava morta. Piloto a essa altura tinha se afastado para dentro da mata, e a mulher ficou tão preocupada com Betsy que esqueceu a história de abater o cachorro e me ajudou a levá-la até o carro e nos acompanhou até o hospital. Betsy ficou bem, claro."

Ele deu uma risada sem alegria e balançou a cabeça.

Perguntei o que tinha acontecido com o cachorro.

"Ah, ele voltou na mesma noite", respondeu ele. "Eu o ouvi atrás da porta e quando fui abrir ele não entrou, só ficou ali do lado de fora olhando para mim. Estava inteiramente imundo e coberto de sangue e sabia o que ia lhe acontecer. Já estava esperando. Mas eu detestava bater nele", disse o homem com tristeza. "Só tive de fazer isso duas ou três vezes na vida dele. Nós dois sabíamos que ele não teria se tornado o que se tornou sem isso. Mas Betsy se recusou a aceitar o que ele tinha feito. Passou semanas sem tocá-lo ou falar com ele. Também não falava comigo. Ela simplesmente não entendia. Eu falei para ela: você sabe que não se treina um cachorro ficando emburrada e dando um gelo nele, não sabe? Isso só vai torná-lo dissimulado e desonesto. Você sabe que o motivo pelo qual se sente segura quando eu não estou aqui é porque sabe que, se alguém tentasse machucar qualquer um de vocês, Piloto faria com essa pessoa a mesma coisa que fez com aquele cervo. Ele pode se sentar ao seu lado no sofá, trazer coisas para você e se deitar ao seu lado na cama quando você está doente, mas quando alguém que ele não conhece bate na porta está disposto a matar a pessoa se for preciso. Ele é um animal, falei, e precisa ser disciplinado, mas quando você impõe a ele as suas sensibilidades você interfere na natureza dele."

Ele passou algum tempo calado, com o queixo erguido, encarando o corredor cinza onde a aeromoça empurrava seu carrinho em meio ao mar de gente. Ela se virava para a direita e para a esquerda, curvando o tronco por cima das fileiras, com os cantos erguidos dos olhos e da boca delineados com tanta precisão que quase pareciam ter sido intrincadamente esculpidos no oval liso do rosto. Seus movimentos automáticos eram hipnóticos e ao observá-la o homem pareceu entrar numa espécie de transe. Depois de algum tempo, sua cabeça começou a se inclinar para a frente até cair com um tranco tão grande que ele tornou a se endireitar na poltrona.

"Desculpe", falou.

Esfregou o rosto com força e depois de passar um tempo olhando pela janela atrás de mim e respirando fundo pelo nariz, perguntou se eu já tinha visitado aquela parte da Europa.

Contei que tinha ido apenas uma vez, anos antes, com meu filho. Ele estava passando por um período difícil na época, falei, e eu havia pensado que uma viagem lhe faria bem. Mas então, de última hora, tinha decidido levar também outro menino, filho de uma amiga minha. Minha amiga estava doente e precisava se internar, então achei que isso poderia ajudá-la. Os dois meninos não se deram muito bem, falei, e o filho da minha amiga precisava de muita atenção, então embora meu filho talvez houvesse imaginado que seria o meu foco durante alguns dias, no fim das contas não foi isso que aconteceu. Eu queria muito ver uma exposição, então um dia de manhã convenci os dois a irem comigo à galeria. Pensei que podíamos ir a pé mas avaliei mal as distâncias e acabamos andando quilômetros por uma espécie de rodovia, debaixo de uma chuva torrencial. Acabou que o filho da minha amiga nunca frequentava galerias nem tinha interesse por arte e ele começou a se comportar tão mal que os funcionários foram obrigados a repreendê-lo e por fim a pedir que se retirasse. Então tive de ficar sentada com ele no café, os dois com as roupas encharcadas, enquanto meu filho visitava a exposição sozinho. Ele demorou mais ou menos uma hora, falei, e ao voltar me descreveu tudo que tinha visto. Eu não sabia, eu disse, se era possível atribuir um valor definitivo à experiência da maternidade e da paternidade, vê-la na sua totalidade, mas aquele tempo que passamos no café com ele falando foi um de seus momentos de graça. Uma das coisas que ele tinha visto fora um caixote de madeira enorme dentro do qual o artista havia reconstituído inteiramente e em tamanho real o próprio quarto. Estava tudo ali — móveis, roupas, máquina de escrever, pilhas de papéis e livros abertos sobre a escrivaninha, xícaras com restos de café — mas tudo tinha sido invertido, de modo que o chão era o teto e o quarto inteiro estava de cabeça para baixo. Meu filho tinha ficado particularmente impressionado com esse quarto de cabeça para baixo no qual se entrava por uma portinha no caixote e havia passado um tempão lá dentro. Muitas vezes, falei, nos anos que se seguiram, eu me lembrava da sua descrição do quarto e o imaginava sentado ali, num mundo contendo todos os mesmos elementos, só que de cabeça para baixo em relação a como você espera que estejam.

O homem escutava com uma expressão levemente intrigada no rosto.

"E ele acabou virando artista?", indagou, como se essa pudesse ser a única explicação para eu estar contando aquelas coisas.

Ele ia começar a universidade no outono, falei, para estudar história da arte.

"Ah, tá", disse o homem, meneando a cabeça.

O seu filho era do tipo acadêmico, disse ele, muito mais do que Betsy. Queria ser veterinário. Criava todo tipo de bicho esquisito em seu quarto: uma chinchila, uma cobra, um casal de ratos. Eles tinham um amigo veterinário e seu filho passava a maioria dos finais de semana lá na clínica. Na verdade, fora seu filho quem tinha percebido que havia algo de errado com Piloto. O cão passara as duas últimas semanas muito quieto e desanimado. Eles tinham posto na conta da idade mas então, certa noite, seu filho estava fazendo carinho em Piloto e notou um calombo no flanco do cachorro. Uns dois dias depois, quando sua mulher saiu e os filhos estavam na escola, ele levou Piloto à clínica do amigo veterinário sem pensar que fosse algo grave. O veterinário o examinou e disse que Piloto tinha câncer.

Ele se calou e tornou a olhar pela janela atrás de mim.

"Na verdade eu nem sabia que cachorros podiam ter câncer", falou. "Nunca tinha pensado em como Piloto iria morrer. Perguntei se ele poderia fazer uma cirurgia e meu amigo respondeu que era inútil — estava avançado demais. Então ele receitou uns remédios para dor e levei Piloto de volta para casa. Durante todo o caminho até em casa", disse ele, "não parei de vê-lo como ele era quando era jovem, forte e potente. Pensei em todos os anos em que ele estivera ali enquanto eu passava semanas seguidas fora e o fato de ele estar desvanecendo agora que eu havia me aposentado parecia de certo modo significar alguma coisa. Mais do que tudo, eu estava com medo de contar para os outros, pois para ser sincero não sei se eles não prefeririam ter Piloto a ter a mim. Comecei a sentir que tinha atrapalhado tudo voltando para casa. Eles todos pareciam muito felizes quando eu não estava e agora minha mulher e eu vivíamos discutindo e as crianças gritavam e batiam portas e, para completar", disse ele, "eu tinha feito o cachorro adoecer quando nunca em toda a vida ele demonstrara um único segundo de fraqueza. Enfim", disse ele, "acabei contando para eles, embora reconheça que fiz a coisa parecer menos grave do que era. Tínhamos combinado que ele ficaria num canil enquanto estivéssemos fora mas eu sabia que ele não resistiria, então lhes disse para viajarem sem mim. Eles ficaram bem desconfiados. Me fizeram prometer que eu telefonaria se ele piorasse para poderem voltar. Chegaram a ligar nessa mesma noite do hotel e me fizeram jurar que eu não deixaria Piloto morrer enquanto eles estivessem fora. Eu disse que ele estava bem, que era só um resfriado ou algo assim, e que de manhã ele provavelmente estaria melhor." Ele fez uma pausa e me olhou de esguelha. "Não contei nem para a minha mulher."

Perguntei por que não e ele fez outra pausa.

"Quando ela estava parindo as crianças, não quis que eu estivesse junto", disse ele. "Lembro de ela falar que não conseguiria lidar com a dor se eu estivesse no mesmo recinto. Precisava fazer aquilo sozinha. Eles amavam Piloto", falou, "mas quem o havia treinado, disciplinado e feito ser o que era tinha sido eu. Num certo sentido eu o criei", disse ele, "para me substituir quando eu não estava. Acho que ninguém nunca entenderia como eu me sentia em relação a ele, nem mesmo a minha família. E pensar neles ali presentes e nos seus sentimentos tendo prioridade em relação aos meus era bastante insuportável, o que, na minha opinião", disse ele, "foi mais ou menos o que ela quis dizer."

"Enfim", continuou ele, "Piloto tinha essa cama bem grande na cozinha, onde costumava dormir, e estava deitado ali esparramado de lado, então fui lá, peguei umas almofadas para deixá-lo o mais confortável possível e sentei-me ao seu lado no chão. Ele ofegava muito depressa e me olhava com uns olhos imensos e tristes e por muito tempo nós dois ficamos apenas ali, nos olhando. Fiz carinho na sua cabeça, conversei com ele, e ele ficou ali ofegando, e por volta da meia-noite comecei a me perguntar quanto tempo aquilo iria durar. Eu na verdade não sabia nada sobre o processo de morrer — nunca tinha ficado com ninguém que estivesse morrendo — e percebi que estava começando a me impacientar. Não era nem que eu quisesse que tudo acabasse logo para o bem dele. Eu só queria que algo acontecesse. Passei quase toda minha vida adulta", disse ele, "indo ou voltando de algum lugar. Nunca estive em nenhuma situação sem a perspectiva de que ela acabaria ou sem ter de ir embora num horário específico, e, embora esse modo de vida às vezes fosse desagradável, num certo sentido eu tinha ficado viciado nele. Ao mesmo tempo fiquei pensando em como as pessoas diziam que era melhor abreviar o sofrimento dos animais e me perguntei se o que deveria estar fazendo era lhe dar uma overdose de remédio ou pôr uma almofada na sua cara, e se eu era simplesmente fraco ou medroso demais. E estranhamente tive a sensação de que Piloto teria sabido a resposta para essa pergunta. No fim das contas, lá pelas duas da manhã, não aguentei mais e liguei para o veterinário, e ele disse que se eu quisesse iria lá em casa na mesma hora e daria uma injeção nele. Então perguntei o que aconteceria se nós simplesmente deixássemos as coisas como estavam e ele respondeu que não sabia — podia levar horas, ou então dias ou mesmo semanas. A decisão é sua, falou. Então eu disse a ele: escute, o cachorro está morrendo ou não está? E ele respondeu sim, é claro que ele está morrendo, mas é um processo misterioso e você pode esperar ou decidir encerrá-lo. E então eu comecei a pensar em Betsy tocando em seu concerto no dia seguinte e no quanto eu estaria cansado e em todas as coisas que precisava fazer, então falei para ele passar lá. E quinze minutos depois ele chegou."

Perguntei o que tinha acontecido nesses quinze minutos.

"Nada", disse ele. "Absolutamente nada. Continuei sentado ali, Piloto continuou ofegando e me olhando com aqueles olhos grandes, e eu não senti nada específico, apenas que estava esperando alguém chegar e me tirar daquela situação.

Tive a sensação de que ela havia se tornado falsa mas hoje", falou, "daria literalmente qualquer coisa para voltar a ela, para estar de novo naquele recinto naquele instante preciso.

"O veterinário acabou chegando e foi tudo muito rápido, ele fechou os olhos de Piloto e me deu um número para eu telefonar de manhã e chamar alguém para levar o corpo, e então foi embora. De modo que eu fiquei ali, no mesmo recinto com o mesmo cachorro, só que o cachorro agora estava morto. Comecei a pensar no que minha mulher e meus filhos diriam se soubessem, se pudessem me ver sentado ali, e nessa hora me dei conta de que tinha feito uma coisa horrível, algo que eles jamais teriam feito, algo tão covarde e antinatural e agora tão completamente irreversível que parecia que eu nunca, jamais iria superar e que as coisas nunca mais voltariam a ser o que eram. E de certa forma foi só para esconder a prova do que tinha feito que resolvi enterrá-lo imediatamente. Fui até o barracão lá fora no escuro e peguei uma pá, então escolhi um lugar no jardim e comecei a cavar. E durante todo o tempo que passei cavando não soube dizer se o que estava fazendo era másculo e honrado ou apenas falso também, porque ao mesmo tempo que cavava eu me imaginava contando aquilo para os outros. Imaginei-os pensando na minha força física e na minha decisão, mas na verdade foi um trabalho bem mais árduo do que eu tinha suposto. No início eu pensei que não fosse conseguir. No entanto, sabia que não poderia em hipótese alguma desistir. Podia ver como aquela cena iria parecer à luz do dia, eu ali sentado com um cachorro morto e uma bagunça parcialmente escavada no jardim. O chão estava incrivelmente duro e a pá não parava de bater em pedras, e o buraco precisava ser suficientemente grande para Piloto caber lá dentro. Uma ou duas vezes eu pensei que seria obrigado a reconhecer a derrota. Mas depois de um tempo", disse ele, "comecei a sentir que na verdade era aquilo que significava ser um homem. Dei-me conta de que eu estava com raiva e era a raiva que estava me dando a força para fazer aquilo, então me permiti ficar com cada vez mais raiva até por fim não ter mais nem medo do que a família iria dizer, porque eles não tinham tido que matar o cachorro e depois cavar uma cova para enterrá-lo. Uma das expressões que a minha mulher tinha começado a usar quando discutíamos sobre sua maneira de administrar as coisas era: 'Você não estava aqui'. Eu sempre detestei isso, mas agora podia me imaginar dizendo o mesmo para ela. Entendi o quanto ela precisara estar zangada para dizer aquilo e de repente fiquei aliviado por Piloto ter morrido. Aliviado de verdade, porque me pareceu que sem ele nós seríamos obrigados a reconhecer o que de fato sentíamos."

Ele fez uma pausa com uma expressão atarantada no rosto. "Terminei de cavar o buraco", retomou algum tempo depois, "voltei para dentro de casa e enrolei Piloto num cobertor. Levantei-o de sua cama e ele era tão inacreditavelmente pesado que quase o deixei cair. Teria sido mais fácil arrastá-lo", falou, "mas eu sabia que não podia me permitir fazer isso porque já estava começando a ficar com medo do corpo. Quando voltei para dentro de casa e o vi ali deitado, morto", falou, "tive o impulso totalmente inacreditável de sair correndo. Precisei acreditar que aquilo ainda era o Piloto", disse ele, "ou não teria conseguido ir até o fim. Acabei tendo que segurá-lo bem forte contra o peito", disse ele, "e mesmo assim consegui bater com a sua cabeça no batente da porta ao sair, e fiquei falando com ele e pedindo desculpas em voz alta e não sei como dei um jeito de cambalear até lá fora com ele no colo, atravessar o jardim e colocá-lo na cova. Estava começando a amanhecer. Arrumei-o bem direitinho, então voltei para dentro, peguei algumas das coisas dele em sua cama e as coloquei junto dele. Então enchi a cova com terra, nivelei e contornei as bordas com pedras. Depois fui fazer a mala e tomar uma ducha. Estava absolutamente imundo", disse ele. "Tive de jogar a camisa fora. Então peguei o carro e fui dirigindo até o aeroporto."

Ele abriu as mãos grandes diante de si e as examinou, frente e verso. Estavam limpas, com exceção das meias-luas escuras e compactas de terra sob as unhas. Olhou para mim.

"A única coisa que não consegui tirar foi a lama de debaixo das unhas", falou.

O hotel era totalmente redondo; em algum momento já tinha sido uma torre de caixa-d'água, disse a recepcionista, e a conversão do edifício tinha valido muitos prêmios ao arquiteto. Ela me deu um mapa da cidade, que alisou por cima do balcão da recepção com unhas esguias e muito esmaltadas.

"Nós estamos aqui", disse ela, traçando um círculo em volta do local com uma caneta.

No lobby, várias colunas grossas subiam pelo centro da construção, a partir das quais passarelas se esticavam lá em cima como os raios de uma roda. Atrás de uma dessas colunas uma moça com uma camiseta na qual estava impresso o logo do festival estava sentada diante de uma mesa com uma pilha de folhetos informativos. Ela consultou seu maço de papéis para tentar achar as minhas informações. Eu estava agendada para participar de um evento naquela tarde, disse ela, e depois achava que tinham combinado uma entrevista minha para um dos jornais diários de circulação nacional. O evento aconteceria ali mesmo no hotel. À noite haveria uma festa num lugar no centro da cidade onde serviriam comida. O festival funcionava com um sistema de fichas para a alimentação; eu podia usá-las tanto ali no hotel quanto mais tarde na festa. Ela pegou uma cartela de fichas impressas, separou várias numa linha perfurada e me entregou depois de anotar os números de série na lista à sua frente. Entregou-me também um folheto informativo e um recado do meu publisher dizendo que me encontraria no bar do hotel antes do evento da tarde.

Parte do bar do hotel havia sido isolada para uma festa de casamento. Pessoas segurando taças de champanhe ocupavam o espaço escuro de pé-direito baixo. As janelas na parede arredondada deixavam entrar por um dos lados uma luz fria forte e o contraste entre luz e sombra dava às roupas e rostos dos convidados um aspecto levemente espalhafatoso. Um fotógrafo conduzia as pessoas em duplas ou grupos pequenos até a varanda, onde elas posavam no dia fresco e ventoso, congelando as expressões para a câmera. A noiva e o noivo conversavam e riam em meio a um círculo de amigos, lado a lado, mas cada um voltado para uma direção. Seus rostos exibiam uma expressão constrangida, quase de culpa. Reparei que todo mundo ali tinha mais ou menos a mesma idade do casal que estava se casando e a ausência de qualquer pessoa mais velha ou mais nova fez parecer que aqueles acontecimentos não estavam vinculados nem ao futuro, nem ao passado, e que ninguém tinha total certeza se o que os havia ocasionado fora liberdade ou irresponsabilidade.

O restante do bar estava vazio, a não ser por um homem baixo de cabelos claros sentado num banco de couro em um cubículo com um livro diante de si. Ao me ver, ele ergueu o livro para que eu pudesse ver a capa. Olhou para a quarta capa, em seguida olhou para mim, em seguida tornou a olhar para a quarta capa.

"Você não se parece nada com a sua foto!", exclamou em tom de reprimenda quando cheguei perto o suficiente para escutar.

Assinalei que a fotografia que ele havia escolhido para a capa tinha mais de quinze anos.

"Mas eu adoro essa foto!", disse ele. "Você está tão... natural."

Ele começou a me falar sobre outra autora sua, cuja foto no livro mostrava uma mulher esbelta e bonita, com uma longa e loura cascata de cabelos brilhantes. Na realidade ela era grisalha e estava um pouco acima do peso e infelizmente padecia de um defeito na visão que a obrigava a usar óculos com lentes grossas feito um fundo de garrafa. Sempre que ela se apresentava em leituras e festivais o contraste ficava muito evidente e ele ocasionalmente havia abordado a delicada questão de usar uma foto mais recente, mas ela não queria nem ouvir falar nisso. Por que sua foto deveria corresponder à realidade? Para ela poder ser identificada pela polícia? Toda a lógica da sua profissão era representar uma fuga da realidade, falou. Além do mais, ela preferia ser aquela sílfide com os cabelos em cascata. Em algum lugar de si mesma, acreditava ainda ser aquela mulher. Uma certa dose de autoengodo era uma parte essencial do talento necessário para viver, disse ela.

"Ela é uma de nossas autoras de maior sucesso", disse ele, "como você pode imaginar."

Ele me perguntou o que eu estava achando do hotel e eu disse que tinha achado a sua circularidade surpreendentemente confusa. Várias vezes já tinha tentado ir a algum lugar e me visto de volta ao ponto de partida. Não tinha percebido, falei, o quanto da navegação consiste na crença no avanço e na pressuposição da fixidez daquilo que você deixou para trás. Eu havia percorrido a circunferência inteira do prédio à procura de coisas que já estavam bem do meu lado, um erro virtualmente garantido pelo fato de todas as fontes de luz natural do edifício terem sido escondidas por divisórias oblíquas, de modo que os caminhos dentro dele eram quase completamente escuros. Em outras palavras, você encontrava a luz não a seguindo, mas esbarrando com ela de modo aleatório e em maior ou menor grau; ou, para dizer de outro modo, você só sabia onde estava quando já tinha chegado. Eu não duvidava que fosse devido a metáforas desse tipo que o arquiteto tinha ganhado seus vários prêmios, mas isso partia do pressuposto de que as pessoas não tinham seus próprios problemas ou no mínimo algo melhor para fazer com seu tempo. Meu publisher arregalou os olhos.

"Pensando bem", disse ele, "daria para dizer o mesmo em relação aos romances."

Ele era um homem de aparência delicada, elegantemente vestido com um blazer e uma camisa listrada, com cabelos lisos meticulosamente penteados para trás, óculos angulosos de armação prateada e um cheiro de roupa passada a ferro e água-de-colônia. Sua esbelteza o fazia parecer ainda mais jovem do que era. Ele tinha a pele muito alva — os pedaços visíveis junto aos punhos e à gola da camisa quase pareciam plástico de tão brancos — e a boca rosa-clara era pequena e macia como a de uma criança. Fazia um ano e meio que ocupava aquele cargo importante na editora, falou então; antes disso trabalhava no departamento de marketing. Algumas pessoas tinham demonstrado surpresa com o fato de que uma das mais antigas e mais distintas casas literárias do país fosse posta nas mãos de um vendedor de trinta e cinco anos de idade, mas como nesse curto intervalo ele a levara das raias da falência ao que parecia despontar como o ano mais lucrativo na longa história da empresa, um a um os críticos haviam se calado.

Ele exibia um leve sorriso ao falar e seus olhos azul-claros por trás das lentes reluziam com a timidez da luz que cintila na água.

"Por exemplo", disse ele, "apenas um ano atrás eu não teria conseguido aprovar nosso investimento num título como este." Ele ergueu o livro com a minha foto estampada, no que foi um gesto de acusação ou de triunfo. "A triste verdade", falou, "é que durante esse período até alguns de nossos autores mais ilustres viram seus manuscritos serem recusados pela primeira vez em décadas. Houve muitos protestos", disse ele, sorrindo, "como animais em agonia berrando ao serem tragados pela lama. Alguns não conseguiram aceitar o questionamento daquilo que consideravam seu direito de ter qualquer coisa que decidissem escrever publicada ano após ano — fosse ela ou não o que os outros quisessem ler. Lamentavelmente", disse ele, tocando de leve a fina armação de aço dos óculos, "em alguns casos perderam-se a cortesia e o controle."

Perguntei o que, além do descarte de romances literários pouco lucrativos, explicava a recuperação financeira da empresa, e seu sorriso se alargou.

"Nosso maior sucesso foi com o sudoku", disse ele. "Na verdade, eu mesmo fiquei bem viciado. É claro que houve indignação com o fato de sujarmos nossas mãos dessa forma. Mas constatei que essa indignação morreu bem depressa depois que esses autores menos populares entenderam que isso significava que seus livros poderiam voltar a ser publicados."

O que todos os publishers estavam buscando, continuou ele — o santo graal do mundo literário moderno, por assim dizer —, eram autores com um bom desempenho no mercado que ao mesmo tempo mantivessem uma conexão com os valores da literatura; em outras palavras, autores de livros que as pessoas pudessem de fato apreciar sem se sentirem nem um pouco diminuídas ao serem vistas lendo-os. Ele havia conseguido reunir uma coleção e tanto de autores assim e, tirando o sudoku e os thrillers comerciais, eles eram os principais responsáveis pela melhora da situação da empresa.

Eu disse estar surpresa com a sua observação de que a preservação dos valores literários — por mais nominal que fosse — influenciava na obtenção de sucesso comercial. Na Inglaterra, falei, as pessoas gostavam de morar em casas velhas que tivessem sido totalmente reformadas e providas de confortos modernos e eu estava me perguntando se o mesmo princípio poderia ser aplicado aos romances; e, caso sim, se o responsável por isso era o embotamento ou a perda de nosso próprio instinto para apreciar a beleza. Uma expressão de deleite tomou conta de seu rosto delicado e branco e ele ergueu o dedo no ar.

"As pessoas apreciam a combustão!", exclamou ele.

Na verdade, continuou, era possível ver a história inteira do capitalismo como uma história de combustão, de queima não só de substâncias armazenadas dentro da terra durante milhões de anos mas também de conhecimento, ideias, cultura, e de fato beleza — qualquer coisa, em outras palavras, que tivesse demorado muito tempo para se desenvolver e aumentar.

"Vai ver o que estamos queimando é o próprio tempo", exclamou ele. "Considere por exemplo a escritora inglesa Jane Austen: pude observar o modo como, no intervalo de uns poucos anos, os romances dessa solteirona morta tempos atrás foram esgotados", disse ele, "queimados um após o outro em spin offs e continuações, filmes, livros de autoajuda e até mesmo, creio eu, um reality show na TV. Apesar dos poucos fatos conhecidos sobre a vida dela, até a autora em si foi finalmente consumida na pira da biografia popular. Quer isso pareça ou não preservação", disse ele, "na verdade é o desejo de usar a essência até não sobrar mais nenhuma gota. Miss Austen rendeu uma bela fogueira", disse ele, "mas no caso dos meus autores de sucesso o que está sendo queimado é o conceito da literatura em si."

Havia uma ânsia generalizada pelo ideal da literatura, acrescentou ele, como pelo mundo perdido da infância, cuja autoridade e realidade tendiam a parecer muito maiores do que a do momento presente. No entanto, voltar a essa realidade por um dia que fosse seria intolerável para a maioria das pessoas, além de ser também impossível; apesar da nossa nostalgia em relação ao passado e à história, nós rapidamente nos veríamos incapazes de viver lá por questões de desconforto, uma vez que a motivação que define a era moderna, disse ele, de forma consciente ou não, é a busca pela liberdade em relação a restrições ou dificuldades de qualquer tipo.

"O que é a história senão uma memória indolor?", indagou ele, sorrindo de modo agradável e unindo as pequenas mãos brancas sobre a mesa à sua frente. "Se as pessoas quiserem reencontrar algumas dessas dificuldades, hoje em dia elas vão à academia."

Da mesma forma, continuou ele, vivenciar as nuances da literatura sem o trabalho árduo de ler, por exemplo, Robert Musil, era para muitas pessoas algo bastante prazeroso. Ele, por exemplo, quando era adolescente costumava ler bastante poesia, principalmente a poesia de T.S. Eliot, mas se hoje fosse pegar os *Quatro quartetos* não tinha dúvida de que eles lhe causariam dor, não só por causa da visão pessimista da vida que Eliot tinha mas também porque isso o forçaria a entrar novamente no mundo em que tinha lido esses poemas pela primeira vez, com toda a sua crua realidade. Nem todo mundo, é claro, passa os anos da adolescência lendo Eliot, disse ele, mas seria difícil atravessar o sistema de ensino sem em algum momento ter de lidar com um ou outro texto antiquado, de modo que para a maioria das pessoas o ato de ler simbolizava inteligência, muito possivelmente porque nessa época formativa elas não tinham apreciado nem compreendido os livros que eram obrigadas a ler. Isso tinha até mesmo conotações de virtude e superioridade moral a ponto de os pais ficarem com medo de haver algo errado com os filhos caso eles não lessem, embora esses mesmos pais muito possivelmente detestassem eles próprios estudar literatura. De fato, como ele já dissera, talvez fosse até o sofrimento deles provocado por textos literários que fora esquecido e havia deixado esse resíduo de respeito pelos livros; isso se pudermos acreditar nos psicanalistas quando dizem que somos inconscientemente atraídos para a repetição de experiências dolorosas. Assim, um produto cultural que reproduzisse essa atração ambígua ao mesmo tempo que não fizesse nenhuma demanda nem infligisse nenhuma dor em troca estava fadado a ter sucesso. A explosão de clubes do livro e grupos de leitura e de sites repletos de críticas escritas por leitores não dava nenhum sinal de arrefecer, pois as chamas viviam sendo constantemente reavivadas por uma espécie de esnobismo às avessas que os seus autores de maior sucesso compreendiam por completo.

"Mais do que tudo", disse ele, "as pessoas não gostam que algo as faça se sentir burras, e se você despertar esses sentimentos estará fazendo isso por seu próprio risco. Eu, por exemplo, gosto de jogar tênis", falou "e sei que se jogar com alguém um pouquinho melhor do que eu meu jogo vai melhorar. Mas se o meu parceiro de jogo estiver num nível muito acima do meu ele se torna o meu algoz e meu jogo é destruído."

Às vezes, disse ele, ele se divertia explorando as profundezas mais remotas da internet, onde leitores davam opiniões sobre os livros que compravam mais ou menos da mesma forma como poderiam avaliar o desempenho de um detergente. O que havia aprendido ao estudar essas opiniões era que o respeito pela literatura era basicamente superficial e que as pessoas nunca estavam muito longe da capacidade de vilipendiá-la. Era de certa forma divertido ver Dante ganhar uma única estrela de cinco possíveis e ter sua *Divina comédia* definida como "uma bela merda", mas alguém sensível também poderia achar isso perturbador, até se lembrar que Dante — como a maioria dos grandes escritores — forjou sua visão a partir de uma profunda compreensão da natureza humana e sabia se defender sozinho. Era uma posição de fraqueza, acreditava ele, considerar a literatura algo frágil que precisava ser defendido, como faziam tantos de seus colegas e contemporâneos. Da mesma forma, ele não se deixava guiar muito por suas qualidades moralmente benéficas a não ser para melhorar o jogo — como ele já dissera — de alguém correspondentemente um pouco inferior.

Ele se recostou na cadeira e me olhou com um sorriso agradável.

Eu disse que achei seus comentários um tanto cínicos, bem como surpreendentemente indiferentes ao conceito de justiça, cujos mistérios, embora permaneçam opacos para nós, sempre me parecera sensato temer. Na verdade, a própria opacidade desses mistérios era por si só motivo de terror, falei, pois se o mundo parecia cheio de pessoas que levavam vidas más sem serem repreendidas e de outras que levavam vidas virtuosas sem serem recompensadas, a tentação de abandonar a moralidade pessoal poderia surgir no exato instante em que ela é mais importante. Em outras palavras, a justiça representava algo que era preciso honrar por si e, independentemente de ele acreditar ou não que Dante fosse capaz de se defender sozinho, parecia-me que se deveria defendê-lo em toda oportunidade.

Enquanto eu falava, meu publisher havia tirado os olhos discretamente do meu rosto de modo a olhar para algo por cima do meu ombro e ao me virar dei com uma mulher parada na porta do bar olhando em volta, ela também com uma expressão confusa e a mão protegendo os olhos, como um viajante que vasculha uma paisagem estrangeira.

"Ah!", disse ele. "Linda chegou."

Ele acenou para ela e a mulher fez um gesto brusco de alívio como se estivesse fazendo um esforço para nos encontrar, embora na realidade nós fôssemos as únicas pessoas presentes.

"Me enganei e fui parar no subsolo", disse ela ao chegar à nossa mesa. "Lá tem uma garagem. Uma porção de carros enfileirados. Foi horrível."

O publisher riu.

"Não teve graça nenhuma", disse Linda. "Eu me senti dentro de um intestino grosso. O prédio estava me digerindo."

"Nós vamos publicar o primeiro romance de Linda", disse ele para mim. "Até agora as críticas foram muito animadoras."

Ela era uma mulher alta, macia e de membros grossos, tornada ainda mais alta pelas sandálias de salto que calçava e cujo glamour parecia incongruente com a roupa preta semelhante a uma barraca e o ar desengonçado de modo geral. Seus cabelos estavam despenteados e desciam até abaixo dos ombros em chumaços de aspecto embaraçado e a pele tinha a falta de viço de alguém que raramente sai ao ar livre. O rosto era redondo, flácido, um pouco espantado, e a boca permaneceu entreaberta enquanto ela olhava assombrada através de grandes óculos de armação vermelha para a festa de casamento no outro extremo do bar.

"O que é aquilo?", indagou, intrigada. "Estão fazendo um filme?"

O publisher explicou que o hotel era um lugar muito procurado para casamentos.

"Ah", fez ela. "Pensei que fosse uma brincadeira ou algo assim."

Ela se deixou cair pesadamente no banco, abanando o rosto e puxando a gola da roupa preta com a outra mão.

"Estávamos falando sobre Dante", disse o publisher, agradável.

Linda o encarou.

"Tínhamos que ter estudado isso para hoje?", perguntou ela.

Ele riu alto.

"O único assunto é você", disse ele. "É sobre isso que as pessoas estão pagando para ouvir."

Ficamos as duas escutando enquanto ele nos passava os detalhes do evento do qual iríamos participar. Ele nos apresentaria, falou, então haveria alguns minutos de conversa, antes de começarem as leituras, em que ele faria a cada uma duas ou três perguntas sobre nós mesmas.

"Mas você já sabe as respostas, né?", disse Linda.

Era uma formalidade, disse ele, só para que todos pudessem relaxar.

"Para quebrar o gelo", disse Linda. "Eu conheço o conceito. Mas gosto de um pouco de gelo nas coisas", acrescentou ela. "Prefiro assim."

Ela falou sobre uma leitura que tinha feito em Nova York com um romancista conhecido. Eles tinham combinado de antemão como correria a leitura, mas ao subirem ao palco o romancista anunciou à plateia que em vez de ler eles cantariam. A plateia adorou a ideia, e o romancista se levantou e cantou.

O publisher deu uma sonora gargalhada e bateu palmas, o que fez Linda se sobressaltar.

"Cantou o quê?", perguntou ele.

"Sei lá", respondeu Linda. "Algum tipo de canção folclórica da Irlanda."

"E você, cantou o quê?", perguntou ele.

"Foi a pior coisa que já me aconteceu", disse Linda.

O publisher sorria e balançava a cabeça.

"Gênio", disse ele.

Outra leitura que ela fez foi com uma poeta, disse Linda. A poeta era uma espécie de figura cult e a plateia era imensa. O namorado da poeta sempre participava de suas apresentações públicas, e enquanto ela lia ele percorria a plateia sentando-se no colo das pessoas ou tocando-as. Nesse dia, ele tinha levado consigo um gigantesco rolo de barbante e ficara engatinhando para lá e para cá no meio das fileiras e passando o barbante em volta dos tornozelos das pessoas até no fim a plateia inteira estar amarrada.

O publisher deu outra sonora gargalhada.

"Você precisa ler o romance de Linda", disse-me ele. "É absolutamente hilário."

Linda o encarou, intrigada e sem sorrir.

"Não é essa a intenção", disse ela.

"Mas é exatamente por isso que as pessoas aqui amam o romance!", disse ele. "Ele as tranquiliza em relação ao absurdo da vida sem fazê-las sentir que elas próprias são absurdas. Nas suas histórias você é sempre a... qual é mesmo a expressão?"

"O motivo da chacota", disse Linda num tom chapado. "Não está quente aqui?", acrescentou ela. "Estou morrendo de calor. Deve ser a menopausa", disse ela e fez aspas no ar com os dedos: "O gelo derrete enquanto a escritora se superaquece."

Dessa vez o publisher não riu, apenas a encarou com uma neutralidade animada e os olhos sem piscar por trás das lentes.

"Vivo em turnê há tanto tempo que estou começando a passar pelas etapas do envelhecimento", disse ela. "Meu rosto dói por ter que sorrir o tempo todo. Comi uma porção de comida esquisita e agora a única coisa em que caibo é este vestido. Já o usei tantas vezes que ele virou quase o meu apartamento."

Perguntei onde ela havia estado antes de chegar aqui e ela respondeu que tinha ido à França, à Espanha e ao Reino Unido, e antes disso tinha passado quinze dias num retiro de escritores na Itália. O retiro era num castelo no alto de um morro no meio do nada. Para um lugar que promovia a contemplação solitária, era um tanto caótico. Pertencia a uma condessa que gostava de gastar o dinheiro do finado marido para se cercar de escritores e artistas. À noite, esperava-se que você se sentasse com ela à mesa do jantar e proporcionasse uma conversa estimulante. A condessa escolhia e convidava pessoalmente os escritores; a maioria era jovem e do sexo masculino. Na verdade, havia apenas uma outra escritora além de Linda.

"Eu sou gorda e tenho quarenta anos", disse Linda, "e a outra era gay, então podem tirar suas próprias conclusões."

Um dos escritores, um jovem poeta negro, fugiu no segundo dia. A condessa havia ficado particularmente orgulhosa ao capturar esse poeta; gabava-se dele para qualquer um disposto a escutar. Quando ele anunciou a intenção de ir embora, ela enlouqueceu, alternando-se entre suplicar e exigir uma explicação, mas ele não se deixou comover pela sua reação. Aquele não era o lugar certo para ele, disse. Não se sentia à vontade ali e não conseguiria trabalhar. E fez a mala e percorreu a pé os cinco quilômetros até o vilarejo para pegar um ônibus, já que a condessa se recusara a ajudá-lo chamando um táxi. Ela passou o restante das duas semanas maldizendo friamente ele e o seu trabalho para qualquer um que se dispusesse a ouvir. Do seu quarto, Linda o havia observado desaparecer pelo comprido e sinuoso acesso da casa. Ele caminhava com um passo leve, saltitante, levando a pequena mochila sobre o ombro. Ela quis muito fazer a mesma coisa, mas sabia que não podia. O motivo pelo visto era o tamanho imenso da sua mala. Além do mais, ela não tinha certeza de que teria conseguido caminhar os cinco quilômetros com seus sapatos. Em vez disso, ficara sentada no quarto cheio de antiguidades com sua linda vista para o vale e, toda vez que olhava para o relógio pensando que uma hora tivesse transcorrido, descobria que mal haviam se passado dez minutos.

"Não consegui escrever uma só palavra", disse ela. "Não consegui nem ler. Tinha um telefone antigo em cima da escrivaninha e eu vivia querendo ligar para alguém e pedir para a pessoa ir lá me resgatar. Um dia finalmente peguei o fone e o aparelho não estava ligado — era apenas decorativo."

O publisher deixou escapar uma risadinha breve e aguda.

"Mas por que alguém deveria ir resgatá-la?", disse ele. "Lá estava você, sentada num castelo no lindo interior da Itália, com um quarto só seu e ninguém para incomodá-la e com total liberdade para fazer seu trabalho. Para a maior parte das pessoas isso é um sonho!"

"Não sei", disse Linda, desanimada. "Acho que isso deve significar que tem alguma coisa errada comigo."

Seu quarto no castelo era cheio de quadros, livros lindíssimos encadernados em couro e tapetes caros, continuou ela, e a roupa de cama era luxuosa. Cada mínimo detalhe era de um bom gosto perfeito e tudo era impecavelmente limpo, encerado e perfumado. Depois de algum tempo, ela se deu conta de que a única coisa imperfeita ali era ela própria.

"Nosso apartamento inteiro caberia dentro daquele único quarto", disse ela. "Tinha um guarda-roupa de madeira bem grande que eu vivia abrindo pensando que poderia encontrar meu marido morando lá dentro, me espionando pelo buraco da fechadura. Mas no fim das contas", falou, "acho que eu meio que queria encontrar ele lá."

Bem debaixo da sua janela havia um terraço com uma linda piscina, mas ela nunca viu ninguém nadar lá. Havia espreguiçadeiras espalhadas em volta e se você se deitasse numa delas um empregado automaticamente aparecia trazendo uma bebida numa bandeja. Ela havia testemunhado esse mecanismo várias vezes sem testá-lo pessoalmente.

"Por que não?", indagou o publisher, achando graça.

"Se eu fosse lá deitar e o empregado não aparecesse", disse Linda, "isso teria significado algo terrível."

Toda manhã a condessa surgia com seu roupão dourado e ia se deitar numa das espreguiçadeiras no meio das flores ao sol. Abria o roupão para revelar seu corpo magro e bronzeado e ficava ali deitada feito um lagarto, tomando sol. Depois de alguns minutos um dos outros escritores sempre passava pela piscina, como por acaso. Quem passava ficava conversando com a condessa, às vezes por muito tempo. Do seu quarto, Linda podia ouvir o barulho deles conversando e rindo. Esses outros escritores, continuou ela, zombavam da condessa pelas suas costas de maneiras discretas e espirituosas que não deixavam nenhuma prova que pudesse mais tarde ser usada contra eles. Se era porque a amavam ou porque a detestavam Linda não sabia dizer, mas depois de um tempo percebeu que não era nenhum dos dois. Eles não amavam nem odiavam nada, ou pelo menos não que se pudesse ver; apenas tinham o hábito de nunca mostrar seu jogo.

Durante as refeições, a condessa só comia pequeníssimas porções de comida, depois acendia um cigarro e o fumava bem devagar antes de apagá-lo no prato. Vestia-se para jantar com roupas justas e decotadas e estava sempre coberta de joias — ouro, diamantes, pérolas — nos braços, nos dedos e em volta do pescoço, bem como penduradas nas orelhas, de modo que formava um centro de luz na sala de jantar pouco iluminada. Em outras palavras, era impossível não prestar atenção nela; ela observava as pessoas em volta da mesa com uma expressão de fascínio, cintilante e alerta, vasculhando as conversas como um predador a monitorar sua área de caça. Como estavam conscientes da presença dela, todos se esforçavam para dizer coisas espirituosas e interessantes. No entanto, como ela não se escondia, as conversas nunca eram reais: eram conversas de pessoas imitando escritores conversando e os pedaços dos quais ela se alimentava eram sem vida e artificiais, além de estarem sendo dispostos diretamente aos seus pés, o que tornava o espetáculo da sua satisfação igualmente artificial. Todos se esforçavam muito para manter esse mecanismo, disse Linda, o que era curioso porque ela não conseguia ver o que qualquer um deles estava na verdade ganhando com aquilo. A condessa, acrescentou, usava os cabelos empilhados tão alto em cima da cabeça que isso fazia seu pescoço parecer excepcionalmente frágil, de modo que você tinha a sensação de poder estender o braço e parti-lo ao meio com as mãos.

Diante desse comentário, o publisher deu uma risada que foi um grito alarmado e Linda o encarou com um rosto inexpressivo.

"Eu não cheguei a partir", falou.

Essas refeições eram uma tortura, retomou ela pouco depois, não só por causa do que ela agora percebia ser sua atmosfera de prostituição mútua mas também porque se sentia tão tensa que o seu estômago dava um grande nó e ela não conseguia comer a comida. Na verdade, devia comer menos do que a própria condessa, e certa noite a condessa se virou para ela, com os olhos reluzentes arregalados de assombro, e expressou surpresa com o fato de Linda ser tão grande, já que comia tão pouco.

"Pensei que ela talvez estivesse zangada por causa disso", disse Linda, "porque a empregada vivia tendo que levar embora meu prato cheio de comida desperdiçada, mas na verdade essa foi a única vez em que ela demonstrou qualquer interesse por mim, como se o seu conceito de amizade com outra mulher fosse apenas compartilhar momentos de tortura autoimposta. E na verdade toda vez que a empregada aparecia para tirar a mesa ou trazer novos pratos eu tinha de me segurar para não levantar e ajudá-la."

Em casa, ela em geral evitava qualquer trabalho doméstico, continuou ela, porque esse tipo de tarefa a fazia se sentir tão pouco importante que ela não teria sido capaz de escrever nada em seguida. Supunha que elas a faziam se sentir uma mulher normal, quando na maior parte do tempo ela não pensava em ser mulher ou talvez não acreditasse ser uma, porque em casa esse não era um assunto que surgisse. Seu marido fazia a maior parte do trabalho doméstico, disse ela, porque gostava e porque isso não tinha sobre ele o mesmo efeito que tinha sobre ela.

"Mas na Itália comecei a sentir que, se fizesse o trabalho de casa, isso justificaria a minha existência", disse ela. "Comecei até a sentir saudades do meu marido. Não parava de pensar nele e em como eu sempre o critico tanto, e cada vez menos conseguia me lembrar de por que o criticava, porque quanto mais eu pensava nele mais perfeito ele se tornava na minha cabeça. Comecei a pensar na nossa filha e em como ela é fofa e inocente e esqueci completamente o fato de que estar com ela às vezes me dá a sensação de estar trancada num recinto junto com um enxame de abelhas. Sempre sonhei em participar de um retiro para escritores", disse ela, "em poder me sentar à noite e conversar com outros escritores em vez de ficar no nosso apartamento discutindo com meu marido e minha filha por causa de bobagens. Mas agora tudo que eu queria era estar lá outra vez, apesar de antes ter contado os dias para poder viajar. Numa noite liguei para eles", disse ela, "e meu marido atendeu e soou um tiquinho surpreso quando falei que era eu. Nós conversamos um pouco, então fez-se um silêncio e depois de algum tempo ele disse: em que eu posso ajudar você?"

O publisher desatou a rir. "Que romântico!", disse ele.

"Então perguntei o que estava acontecendo por lá", continuou Linda, "e ele falou nada, estamos aqui tocando a vida. Meu marido tem mania de usar essas expressões engraçadinhas", arrematou ela, "é meio irritante."

"Então o homem de quem você estava com saudades não era ele", comentou o publisher com um ar de dedução satisfeito.

"Acho que não", disse Linda. "Isso meio que me trouxe de volta à realidade. De repente pude ver nosso apartamento com total clareza. Estávamos falando ao telefone e pude ver a mancha no tapete do hall onde um dos sacos de lixo uma vez vazou, a cozinha com todas as portas de armário tortas e a pia do banheiro tem uma rachadura exatamente do mesmo formato da Nicarágua", disse ela. "Pude até sentir o cheiro de ralo que sempre tem lá. Depois disso as coisas melhoraram", disse ela, cruzando os braços e olhando para o grupo do casamento do outro lado do bar. "Eu na verdade me diverti. Passei a repetir o prato de massa todas as noites", acrescentou ela, "e valeu a pena ver a expressão no rosto da condessa. E reconheço que alguns dos outros se revelaram estimulantes, conforme anunciado."

Mesmo assim, depois de duas semanas ela entendeu que era possível exagerar na dose de algo bom. Havia um homem lá, um romancista, que estava indo direto para outra residência na França e depois disso para uma terceira na Suécia; sua vida inteira, até onde ela podia ver, consistia em sinecuras e compromissos literários, como uma vida inteira comendo apenas sobremesa. Ela não tinha certeza se isso era saudável. Mas certa noite começou a conversar com um escritor que lhe disse que todos os dias, ao se sentar para escrever, pensava num objeto que não significava nada para ele e atribuía a si mesmo a tarefa de incluí-lo em algum lugar do trabalho daquele dia. Ela lhe pediu exemplos e ele disse que nos últimos poucos dias tinha escolhido um cortador de grama, um relógio chique, um violoncelo e um periquito de gaiola. O violoncelo era o único que não tinha dado certo, disse ele, porque tinha esquecido, ao escolhê-lo, que seus pais haviam tentado fazê-lo aprender violoncelo quando ele era pequeno. Sua mãe adorava o som do violoncelo, mas ele tocava muito mal. O lamento que ele produzia não era nem um pouco o que ela tinha em mente e no final ele desistiu. "Então a história que ele escreve", disse Linda, "é sobre um menino que é um gênio do violoncelo e a história sai tão exagerada e pouco crível que ele é obrigado a jogá-la fora. A finalidade desses objetos, segundo ele, é que eles deveriam ajudá-lo a ver as coisas como realmente são. Enfim", disse Linda, "eu falei que iria tentar porque não tinha escrito uma palavra desde que chegara lá e pedi a ele para me dar alguma coisa com que começar e ele sugeriu um hamster. Vocês sabem", disse ela, "aquele bichinho peludo que vive em gaiolas."

Era verdade que um hamster não significava nada para ela uma vez que seu condomínio proibia animais, disse Linda, e o que ela sentiu na mesma hora foi como esse roedor facilitava a descrição do triângulo humano em sua casa. Ela já tinha tentado escrever antes sobre a dinâmica familiar mas por algum motivo, por mais frio que isso tivesse saído do freezer do seu coração, sempre acabava derretendo nas suas mãos. O problema, ela agora via, era que vinha tentando descrever o marido e a filha usando materiais — seus sentimentos — que ninguém mais podia ver. A solidez do hamster fazia toda a diferença. Ela podia descrevê-los fazendo festinha e se deliciando com o bicho à medida que o seu aprisionamento a irritava cada vez mais e o modo como ele solidificava o vínculo entre seu marido e sua filha a fazia se sentir excluída. Que tipo de amor era aquele, que precisava domesticar e trancafiar o objeto do amor? E se havia amor sendo distribuído, por que ela não estava recebendo nenhum? Ocorreu-lhe que, desde que a filha havia encontrado um companheiro satisfatório no hamster, seu marido poderia ter aproveitado a oportunidade para equilibrar essa situação voltando sua atenção para a mulher, mas o contrário tinha acontecido: ele conseguia menos do que nunca deixar a filha sozinha. Toda vez que ela chegava perto da gaiola ele se levantava num pulo para ir junto, até

Linda pensar se na verdade estaria com ciúmes do hamster e apenas fingindo amá-lo como uma forma de segurar a filha. Pensou se no fundo seu desejo era matá-lo e, como no meio-tempo tinha se dado conta de se sentir na melhor das hipóteses ambivalente em relação à possibilidade de ele retomar algum interesse pela sua pessoa, tornou-se importante para ela manter o hamster vivo. Às vezes ela sentia pena do hamster, uma vítima involuntária do narcisismo mútuo dos relacionamentos humanos; ouvira dizer que se você pusesse dois hamsters juntos numa gaiola eles acabavam se matando, de modo que eles eram obrigados a viver sozinhos. À noite, o ruído que ele fazia ao correr freneticamente dentro de sua roda a mantinha acordada. Numa das versões sua filha passa a amar tanto o hamster que acaba o soltando. Mas na versão final é a própria Linda quem o solta, abrindo a gaiola e enxotando-o do apartamento enquanto a filha está na escola. Pior ainda, deixa a filha pensar que esqueceu a gaiola aberta por engano naquela manhã e que portanto a culpa é dela.

"É um bom conto", disse Linda sem animação. "Meu agente acabou de vender para a *New Yorker*."

Mesmo assim, ela não tinha muita certeza do que havia ganhado com a turnê, a não ser os quilos de toda a massa que tinha consumido. Ocorrera-lhe que, ao ligar para o marido e pôr um fim na sensação de estar sem amarras e à deriva, ela talvez tivesse deixado escapar a oportunidade de compreender alguma coisa. Estava lendo um romance de Hermann Hesse, disse ela, no qual ele descreve algo parecido.

"O personagem está sentado na margem de um rio", disse ela, "apenas olhando as formas que a escuridão e a sombra desenham na água e os formatos esquisitos do que talvez sejam peixes debaixo da superfície, que num segundo aparecem e no seguinte tornam a sumir, e percebe estar olhando para algo que não é capaz de descrever e que ninguém seria capaz de descrever usando a linguagem. E ele meio que tem a sensação de que aquilo que não é capaz de descrever pode ser a verdadeira realidade."

"Hesse está totalmente fora de moda hoje em dia", disse meu publisher com um gesto de quem descarta alguma coisa. "É quase constrangedor ser visto lendo um livro dele."

"Acho que isso explica por que todo mundo estava me olhando torto no avião", falou Linda. "Pensei que fosse porque eu só tinha maquiado metade do rosto. Cheguei ao hotel, olhei no espelho e percebi que tinha pintado um lado só. Provavelmente a única pessoa que não percebeu foi a mulher sentada bem ao meu lado", disse ela, "pois estava me olhando de lado e nunca viu a outra metade para comparar. De toda forma, ela própria tinha um aspecto bem estranho. Contou-me que tinha acabado de sair do hospital depois de quebrar todos os ossos do corpo. Ela era esquiadora e tinha caído de esqui num precipício durante uma nevasca. Passou seis meses sendo reconstruída. Eles a montaram usando umas varetas de metal com pinos."

Durante o voo, essa mulher havia contado a história do seu acidente, continuou Linda, ocorrido nos Alpes austríacos onde ela trabalhava como guia de esqui. Tinha saído com um grupo apesar da previsão de mau tempo, pois era um grupo de esquiadores fanáticos decididos a percorrer um trecho de terreno fora de pista notoriamente perigoso, que estava com condições de neve fofa particularmente boas para aquela época do ano. Tinham insistido para que ela os levasse, mesmo ela não querendo ir, e durante os seis meses que passara no hospital ela tivera oportunidades de sobra para pensar no tamanho da sua responsabilidade pelo que havia acontecido mas no final acabara aceitando que nenhuma quantidade de pressão podia esconder o fato de que a decisão fora dela. Na verdade era um milagre nenhum dos outros ter caído no precipício junto com ela, já que estavam todos esquiando rápido demais porque queriam descer antes de a nevasca os deixar ilhados lá em cima. Segundos antes do acidente, a mulher disse que se lembrava de ter tido uma sensação extraordinária do próprio poder e também da sua liberdade, a despeito do fato de saber que a montanha poderia revogar aquela liberdade num instante. Apesar disso, durante esses segundos tudo de repente lhe pareceu uma brincadeira infantil, uma oportunidade de fugir da realidade, e quando ela caiu no precipício e a montanha desapareceu debaixo dela por um segundo quase acreditou que pudesse voar. O que aconteceu em seguida tivera de ser montado a partir dos relatos de outras pessoas, já que ela própria não se lembrava, mas ao que parecia o grupo não havia hesitado em seguir descendo a montanha sem ela, já que tinham absoluta certeza de que ela não poderia ter sobrevivido à queda e estava morta. Dois dias mais tarde ela havia entrado num refúgio na montanha e perdido os sentidos. Ninguém entendia como conseguira andar com tantos ossos quebrados; era impossível, e no entanto inegavelmente era o que ela tinha feito.

"Perguntei-lhe como ela pensava que isso tinha acontecido", disse Linda, "e ela disse que simplesmente não sabia que seus ossos estavam quebrados. Não estava sequer sentindo dor. Quando ela falou isso", disse Linda, "eu de repente tive a sensação de que estava falando sobre mim."

Perguntei-lhe o que ela queria dizer com isso e ela passou tanto tempo calada, afundada no banco de couro do cubículo e com uma expressão impassível no rosto, que pareceu que não fosse responder.

"Acho que isso me fez pensar sobre ter um filho", disse ela por fim. "Você sobrevive à própria morte", emendou, "e depois não sobra mais nada para fazer exceto falar a respeito disso."

Era difícil explicar, prosseguiu ela, mas seus sentimentos de afinidade pela mulher de metal pareciam advir de uma experiência que, para ela, também consistira num processo de ser quebrada e depois remontada numa versão indestrutível, antinatural e possivelmente suicida de si mesma. Como ela já tinha dito, você sobrevive à própria morte e nada mais resta a não ser falar a respeito disso, com desconhecidos num avião ou com quem quer que se dispusesse a escutar. A menos que você fizesse questão de encontrar uma nova forma de morrer, disse ela. Jogar-se de esqui de um precipício parecia razoável e ela havia pensado em pagar alguém para levá-la a bordo de um avião só para ver se ela conseguia resistir a abrir seu paraquedas, mas no fim das contas escrever era o que em geral a impedia de trilhar esse caminho. Quando ela escrevia não estava nem dentro nem fora de seu corpo; estava apenas ignorando-o. "Como o cachorro da família", disse ela. "Você pode tratar esse cachorro como quiser. Ele nunca vai ser livre, mesmo que se lembre do que é liberdade."

Ficamos sentados olhando para a festa de casamento do outro lado do recinto, onde alguém estava fazendo um discurso enquanto noiva e noivo ficavam parados lado a lado, sorrindo. De vez em quando a noiva baixava os olhos para alisar a frente do vestido e toda vez que tornava a erguê-los um segundo transcorria antes de o seu sorriso reaparecer. Ficamos sentados olhando até uma moça de ar afobado usando uma camiseta do festival e carregando uma prancheta vir até a mesa nos avisar que a plateia estava esperando. O publisher deslizou para fora do cubículo e alisou a frente do blazer num gesto que espelhou estranhamente o da noiva. De pé, Linda era bem mais alta do que ele. Nós o seguimos em fila indiana. Reparei no cuidado com que ela precisava caminhar com seus sapatos de salto.

Tinham me falado que a entrevistadora estava me esperando do lado de fora no jardim do hotel. O rumor oceânico abafado do tráfego emanava continuamente da rua próxima. Ela estava sentada sozinha num banco em meio aos canteiros recém-plantados e à teia de caminhos de cascalho, olhando para o morro em direção à cidade onde a forma escura e sinuosa do rio serpenteava pela parte antiga, aprisionada pela intrincada arquitetura grudada em seus flancos. Os pináculos enegrecidos da catedral podiam ser vistos despontando acima dos telhados.

Ela viera direto da estação de trem a pé, disse ela, já que naquela cidade ir aonde quer que fosse de carro era efetivamente um desvio do destino. O sistema rodoviário do pós-guerra fora aparentemente construído sem preocupação alguma com o conceito de ir de um ponto a outro. As imensas autoestradas circundavam a cidade sem penetrá-la, disse ela; para chegar a qualquer lugar era preciso passar por todos; as ruas viviam congestionadas ao mesmo tempo que careciam da lógica de um destino comum. Mas passando pelo centro a caminhada curta era extremamente agradável. Ela se levantou para apertar minha mão.

"Na verdade nós já nos encontramos", disse ela.

Eu sei, falei, e seus olhos imensos por um instante se acenderam no rosto emaciado.

"Não tinha certeza se você se lembraria", disse ela.

Fazia mais de dez anos mas o encontro tinha me marcado, disse eu. Ela havia descrito sua casa e sua vida de um jeito que isso tinha voltado muitas vezes à minha mente ao longo daqueles anos e que eu ainda conseguia recordar com clareza. Sua descrição da pequena cidade onde vivia — lugar no qual eu nunca estivera, embora soubesse que não era muito longe dali — e de sua beleza tinha sido particularmente tenaz; como eu já tinha dito, ela me voltara muitas vezes à mente a ponto de eu me perguntar por que isso acontecia. O motivo, pensava eu, era que a descrição tinha um caráter definitivo que eu não conseguia me imaginar atingindo jamais na minha própria situação. Ela discorrera sobre o bairro tranquilo em que morava numa casa com o marido e os filhos, com suas ruas de pedra estreitas demais para os carros passarem, de modo que quase todo mundo andava de bicicleta, e onde as casas com beirais, altas e esguias, se instalavam atrás de guarda-corpos, afastadas dos cursos de água silenciosos, em cujas margens imensas árvores estendiam os galhos pesados, fazendo-os formar reflexos verdes que mergulhavam na imobilidade lá embaixo qual montanhas espelhadas. Pelas janelas dava para ouvir o som de passos no calçamento da rua e o sibilo e o ronronar de bicicletas passando por seus aclives e declives; e acima de tudo dava para ouvir os sinos que tocavam sem parar nas muitas igrejas da cidade, marcando não apenas as horas mas as quartas partes e as metades das horas, de modo que cada segmento de tempo se transformava numa semente de silêncio que então brotava, preenchendo o ar com o que quase parecia uma espécie de autodescrição. O diálogo entre esses sinos, travado para lá e para cá por sobre os telhados, prosseguia dia e noite; suas cadências de observação e acordo, seus trechos de debate, suas narrativas mais longas — nas missas da manhã e da tarde, por exemplo, e principalmente aos domingos, quando os chamados repetidos iam crescendo, crescendo, até serem seguidos enfim pela alegre e ensurdecedora exposição — a reconfortavam, tinha dito ela, do mesmo jeito que a conversa dos pais durante a vida inteira a havia reconfortado na infância, o subir e descer do som de suas vozes sempre ali, no cômodo ao lado, debatendo, observando e reparando em cada coisa que acontecia, como se eles estivessem elaborando um inventário do mundo inteiro. A qualidade do silêncio da pequena cidade, tinha dito ela, era algo em que ela só reparava de verdade quando ia a outro lugar, a lugares onde o ar era dominado pelo murmúrio do tráfego, pela música alta dos restaurantes e lojas e pela cacofonia dos intermináveis canteiros de obras nos quais edifícios viviam sendo eternamente demolidos para serem então erguidos outra vez. Ao chegar em casa ela encontrava um silêncio que nessas ocasiões lhe parecia um alento tão grande que era como nadar em água fresca e por um tempo ela tomava consciência de como os sinos, longe de perturbarem o silêncio, na verdade o defendiam.

A descrição que ela fizera da sua vida tinha me marcado, disse eu agora para ela, como a de uma vida vivida dentro do mecanismo do tempo, e independentemente de essa vida ser ou não a que todos teriam considerado desejável ela tinha parecido, no mínimo, carecer de uma qualidade que levava a vida de outras pessoas a extremos, fossem eles de prazer ou de dor.

Ela ergueu as sobrancelhas elegantes com a cabeça inclinada para um dos lados.

Essa qualidade, falei, quase podia ser chamada de suspense e parecia ser gerada pela crença de que nossas vidas eram governadas pelo mistério quando na verdade esse mistério era apenas o tamanho de nosso autoengano em relação ao fato da nossa própria mortalidade. Eu tinha pensado nela muitas vezes, falei, nos anos desde o nosso último encontro e essas ocasiões tendiam a ocorrer quando eu própria fora levada a extremos por desconfiar de que estavam me escondendo alguma informação cuja revelação esclareceria tudo. Ela havia falado sobre o marido e os dois filhos, disse eu, e sobre a vida simples e regrada que eles tinham, uma vida na qual havia pouca mudança e portanto pouco desperdício, e o fato de que em determinados detalhes sua vida espelhava a minha, ao mesmo tempo que não se parecia em nada com ela, me fizera muitas vezes ver minha situação sob o pior ângulo possível. Eu havia quebrado esse espelho, falei, sem saber se fizera isso como um ato de violência ou apenas sem querer. O sofrimento sempre me parecera uma oportunidade, falei, e eu não tinha certeza de algum dia descobrir se isso era verdade e, caso fosse, por que motivo, pois até agora não conseguira entender para que ele seria uma oportunidade. Sabia apenas que o sofrimento trazia consigo uma certa honra, caso você sobrevivesse a ele, e o deixava numa relação com a verdade que parecia mais próxima, mas que na realidade talvez fosse idêntica à verdade de permanecer no mesmo lugar.

A entrevistadora estava sentada com os membros leves e ossudos graciosamente cruzados e uma expressão de severidade crescente no rosto, que tinha rugas e sombras profundas, sobretudo abaixo dos olhos, onde a pele parecia quase machucada. Enquanto escutava, mantinha a cabeça curvada e inclinada acima do pescoço comprido e magro como a cabeça de uma flor escura.

"Confesso", disse ela, "que senti prazer em lhe contar sobre a minha vida e fazê-la sentir inveja. Tive orgulho disso. Lembro-me de pensar que sim, eu evitei pôr tudo a perder, e parecia-me que tinha feito isso com muito trabalho e autocontrole, não sorte. Mas era importante não parecer que eu estava me gabando. Na época eu sempre sentia que guardava um segredo", disse ela, "e que, se o tivesse revelado, isso teria estragado tudo. Quando olhava para meu marido, sabia que ele guardava o mesmo segredo e sabia que ele nunca o contaria porque era algo que nós dois compartilhávamos, como atores que compartilham a consciência de estarem atuando, algo que, se admitissem abertamente, estragaria a cena. Atores precisam de plateia", disse ela, "e nós também precisávamos, porque parte do prazer era mostrar nosso segredo sem contá-lo."

Ao longo dos anos eles tinham visto seus contemporâneos sucumbirem diante deste ou daquele obstáculo e tinham chegado até a tentar ajudar nessas emergências, o que só intensificara seu sentimento de superioridade. Mais ou menos na época em que me conheceu, continuou ela, uma grande amiga da mesma cidade estava atravessando um divórcio terrível e passava muito tempo na sua casa recebendo apoio e conselhos. As duas famílias costumavam ser próximas e tinham dividido muitas noites, finais de semana e férias juntas, mas nessa época uma realidade totalmente diferente se revelou. Todos os dias essa amiga aparecia com alguma nova história de terror: o marido tinha chegado com uma van e levado todos os móveis quando ela não estava, ou então deixado as crianças sozinhas o final de semana inteiro quando era a vez dele de ficar com elas; depois, que ele a estava forçando a vender a casa onde haviam morado a vida inteira e falava com todos os seus amigos para dizer as piores coisas sobre a ex-mulher e envenená-los contra ela. Ela ficava sentada à mesa da nossa cozinha, disse a entrevistadora, e despejava essas histórias tomada pelo mais completo choque e consternação, e meu marido e eu escutávamos e tentávamos reconfortá-la. Ao mesmo tempo, contudo, escutá-la nos proporcionava um certo prazer, embora nós nunca, jamais teríamos admitido isso um para o outro, porque o prazer fazia parte do nosso segredo tácito.

"O fato", prosseguiu a entrevistadora, "era que meu marido e eu antes invejávamos essa mulher e o homem com quem ela era casada, cuja vida em determinado momento parecia superior à nossa sob vários aspectos. Eles eram muito animados e aventureiros", disse ela, "e viviam fazendo viagens exóticas com os filhos, além de terem também muito bom gosto, de modo que a casa deles era cheia de objetos lindos e raros, bem como de provas da sua criatividade e do seu amor pela alta cultura. Eles pintavam, tocavam instrumentos, liam uma quantidade colossal de livros e como família se comportavam de um jeito que sempre parecia mais livre e mais divertido do que as nossas atividades familiares conseguiam ser. Era só nessas ocasiões — quando estávamos com eles —", disse ela, "que eu ficava insatisfeita com nossa vida, com nossos temperamentos e com o temperamento dos nossos filhos. Eu os invejava porque eles pareciam ter mais do que nós e não conseguia ver o que tinham feito para merecer isso."

Resumindo, ela costumava sentir inveja dessa amiga, que apesar disso vivia constantemente reclamando da vida, das injustiças da maternidade e da indignidade do trabalho doméstico que cuidar de uma família exigia. No entanto, a única coisa de que nunca reclamava era do marido, e talvez por esse motivo o marido tenha se tornado a coisa que a entrevistadora mais invejava nela, a ponto de ele quase conseguir fazer o seu próprio marido parecer inadequado para ela. Ele era mais alto e mais bonito do que o seu marido, extremamente charmoso e sociável e possuía uma formidável gama de dotes físicos e intelectuais, ganhava todos os jogos que jogava e sempre sabia mais do que qualquer outra pessoa sobre qualquer assunto. Além disso, era muito caseiro e aparentava ser o pai ideal, vivia cuidando do jardim e cozinhando com as crianças e as levando para acampar e velejar. Mais do que tudo, era compreensivo em relação às reclamações da mulher e vivia a incentivando a se tornar cada vez mais indignada com a labuta e a opressão femininas, das quais ele próprio tanto se esforçava para aliviá-la.

"O meu marido", disse ela, "era inseguro em relação ao próprio corpo e também passava tanto tempo em seu escritório de advocacia que não participava de muitas das nossas rotinas familiares, e essas falhas — que provocavam em mim sentimentos íntimos de ressentimento e raiva — eu gastava muita energia para esconder, gabando-me ao contrário da sua importância e do quanto ele trabalhava, a ponto de quase conseguir negar para mim mesma esses sentimentos. Apenas quando estávamos com esse outro casal a verdade ameaçava se tornar aparente e eu às vezes me perguntava se o meu marido algum dia tinha adivinhado meus pensamentos, ou quem sabe até desconfiasse intimamente que eu estivesse apaixonada por esse outro homem. Mas, se aquilo era amor", disse a entrevistadora, "era de um tipo que a Bíblia chama de cobiça, e não havia nada que o marido da minha amiga apreciasse mais do que ser cobiçado. Nunca conheci um homem tão dedicado a manter as aparências", disse ela, "a ponto de eu passar a ver nele algo quase feminino, apesar da masculinidade da sua persona. Eu sentia uma grande identificação com ele, principalmente quando estava me gabando da dedicação escrava do meu marido ao trabalho e quando ele igualmente estava tomando o partido da esposa e descrevendo algum aspecto indigno da sua vida como mulher. De certa forma nós nos reconhecíamos; gostávamos um do outro como um modo de gostar de nós mesmos, embora, é claro, nada nunca tenha sido dito, pois isso teria estragado inteiramente o quadro que havíamos pintado de nossas próprias vidas. Minha amiga um dia me falou", continuou ela, "que a mãe dela tinha lhe dito que ela não merecia o marido. E na época", disse a entrevistadora, "eu concordei em segredo, só que durante o divórcio essas palavras adquiriram um significado totalmente oposto."

A cada nova história que escutava na mesa da cozinha, disse ela, ela era forçada a questionar cada vez mais o caráter daquele homem que em determinado momento ela tinha achado atraente e que mesmo agora, com as provas na sua frente, tinha dificuldade em condenar. E olhava para o próprio marido ali sentado, paciente e gentil enquanto a amiga falava, muito embora estivesse exausto de tanto trabalhar e nem sequer tivesse tido tempo de tirar o terno, e sentia-se mais uma vez espantada com seu bom senso por tê-lo escolhido. Quanto mais coisas terríveis sua amiga dizia sobre o outro homem mais ela torcia para ninguém ter reparado no quanto ela havia gostado dele, a ponto de começar a criticá-lo duramente muito embora em segredo ainda achasse que a amiga pudesse estar exagerando no que ele tinha feito. E o seu marido, reparou, também se mostrava particularmente crítico em relação a ele, de modo que ela começou a ver que ele na verdade sempre o havia odiado.

"Começou a parecer", disse ela, "que nós dois de alguma forma tínhamos provocado a destruição da vida familiar deles, como se o meu amor secreto e o ódio secreto do meu marido tivessem conspirado para destruir seu objeto de discórdia. Toda noite, depois de a nossa amiga ir para casa, ficávamos sentados conversando baixinho sobre a situação e era como se estivéssemos escrevendo uma história juntos", disse ela, "na qual coisas que nunca tinham acontecido realmente podiam acontecer e a justiça podia ser feita, e tudo parecia estar vindo de dentro das nossas próprias cabeças, a não ser pelo fato de estar acontecendo também na realidade. Ficamos próximos como não éramos havia muito tempo", disse ela com um sorriso amargo. "Era como se todas as coisas que invejávamos naquele outro casamento tivessem sido liberadas e transferidas para nós."

Ela virou a cabeça ainda sorrindo e olhou para o pé do morro em direção à cidade, onde enxames de carros se moviam pelas ruas à margem do rio. O formato singular de seu nariz, que visto de frente maculava ligeiramente o rosto de traços delicados, de perfil tornava-se belo: arrebitado, arredondado na ponta e com um V profundo no osso, como se alguém o houvesse desenhado com uma certa licença poética para enfatizar a relação entre destino e forma.

Falei que, embora sua história sugerisse que as vidas humanas pudessem ser governadas pelas leis da narrativa e por todos os conceitos de retribuição e justiça reivindicados pela narrativa, na verdade o que criava essa ilusão era apenas sua interpretação dos acontecimentos. Em outras palavras, o divórcio do casal não tinha nada a ver com a inveja secreta que ela sentia deles ou com o seu desejo de que eles naufragassem; era sua própria capacidade narrativa — que, como eu já tinha lhe falado, havia me afetado anos antes — que a fazia ver a própria mão no que acontecera à sua volta. No entanto, a desconfiança de que os seus próprios desejos estavam moldando a vida alheia ou mesmo fazendo outras pessoas sofrerem não parecia levá-la a sentir culpa. Era uma ideia interessante, falei, que o impulso narrativo pudesse advir do desejo de evitar a culpa, e não — como em geral se supunha — da necessidade de conectar as coisas de modo significativo; em outras palavras, que ele fosse uma estratégia calculada para nos aliviar da nossa responsabilidade.

"Mas você acreditou na minha história anos atrás", disse ela, "apesar de eu não ter esperado que acreditasse e provavelmente só ter querido fazer minha vida parecer mais invejável para eu mesma poder aceitá-la. Toda minha carreira", disse ela, "consistiu em entrevistar mulheres — mulheres da política, feministas, artistas — que tornaram sua experiência feminina pública e estão dispostas a serem honestas em relação a algum de seus aspectos. Coube a mim representar sua honestidade", disse ela, "e ao mesmo tempo ser tímida demais para viver a vida do mesmo jeito que elas, guiada por ideais feministas e princípios políticos. Era mais fácil pensar", disse ela, "que o meu modo de viver tinha sua própria coragem, a coragem de ser consistente. E eu de fato passei a me deleitar com as dificuldades que essas mulheres tinham, ao mesmo tempo que parecia sentir empatia por elas.

"Quando eu era criança", disse ela, "costumava ver minha irmã, que era dois anos mais velha que eu, aguentar a maior parte do que quer que acontecesse, enquanto eu a assistia na segurança do colo da minha mãe e toda vez que ela fazia alguma besteira ou cometia algum erro eu fazia a mim mesma uma observação para nunca fazer a mesma coisa quando chegasse a minha vez. Muitas vezes havia bate-bocas horríveis entre minha irmã e meus pais", disse ela, "e eu me beneficiava deles pelo simples fato de não ser a sua causa, de modo que, nessas entrevistas, constatei estar numa posição conhecida. Eu parecia me beneficiar do simples fato de não ser aquelas mulheres públicas", disse ela, "enquanto elas estavam em certo sentido lutando pela minha causa, assim como minha irmã tinha lutado pela minha causa exigindo determinadas liberdades que eu mais tarde recebi facilmente quando cheguei à mesma idade. Perguntei-me se um dia eu seria obrigada a pagar por esse privilégio e, caso sim, se a cobrança poderia vir na forma de filhas mulheres, e toda vez que engravidava eu torcia tanto para ser menino que parecia impossível meu desejo ser atendido. Apesar disso foi, todas as vezes", disse ela, "e vi minha irmã passar dificuldade com as filhas como sempre a vira passar dificuldade com tudo, com a satisfação de saber que, por observar com atenção suficiente, eu conseguira evitar os seus erros. Talvez por esse motivo", disse ela, "fosse quase insuportável para mim quando minha irmã tinha sucesso em alguma coisa. Apesar de amá-la, eu não conseguia suportar o espetáculo do seu triunfo.

"A amiga de quem eu estava falando antes", disse ela, "era na verdade minha irmã, e parecia-me que o seu divórcio e a destruição da sua família eram justamente aquilo que eu passara a vida inteira esperando. Nos anos seguintes", disse ela, "eu às vezes olhava para as suas filhas e quase odiava os dois pelo estrago e pelo sofrimento que via no rosto delas, porque ver aquelas meninas destruídas me lembrava que no fim das contas aquilo não era mais um jogo, o velho e simples jogo no qual eu me beneficiava por assistir — por assim dizer — na segurança do colo da minha mãe. Meus próprios filhos continuavam levando vidas normais cheias de segurança e rotina enquanto a casa da minha irmã era assolada pelos mais terríveis problemas, problemas em relação aos quais ela seguia sendo honesta, a ponto de eu lhe dizer que na minha opinião estava prejudicando mais ainda as filhas por não fingir para protegê-las. No fim passei a relutar em expor meus próprios filhos àquilo, pois temia que eles achassem perturbadora a visão de uma emoção tão violenta, então parei de convidá-las para irem à minha casa e para passarem as férias conosco, como vinha fazendo regularmente até então.

"Foi nesse ponto", disse ela, "quando parei de olhar para o lar da minha irmã, que as coisas começaram a mudar para ela. Na comunicação que ainda mantínhamos, reparei que ela soava mais calma e mais otimista; comecei a ouvir histórias sobre os pequenos sucessos e progressos de suas filhas. Um dia", disse ela, "eu estava de bicicleta e de repente começou a chover a cântaros. Nesse dia eu tinha saído sem minha capa e quando procurei algum lugar para me abrigar percebi que estava perto da casa da minha irmã. Era cedo e eu sabia que ela estaria em casa, então fui pedalando debaixo da chuva até a porta da sua casa e toquei a campainha. Eu estava totalmente desarrumada e ensopada, além de estar usando minhas roupas mais velhas, e nem sequer me passou pela cabeça que alguém que não fosse a minha irmã pudesse vir abrir. Para minha surpresa quem abriu foi um homem, um homem bonito que na mesma hora recuou para me fazer entrar, pegou minhas coisas molhadas e me ofereceu uma toalha para eu secar os cabelos. Na mesma hora em que o vi", disse ela, "eu soube que aquele era o novo namorado da minha irmã e que ele era um homem muito melhor do que o marido que eu antes invejava, e que de fato representava uma mudança na sorte dela e na sorte de suas filhas também. Percebi", disse ela, "que pela primeira vez na vida minha irmã estava feliz e percebi também que ela jamais teria conhecido aquela felicidade caso não houvesse passado pela infelicidade que a precedera, exatamente como havia passado. Um dia ela tinha me dito que a personalidade fria e egoísta do ex-marido, que nenhum de nós — muito menos ela — tinha notado realmente, era como uma espécie de câncer: invisível, fazia parte da sua vida havia muitos anos, incomodando-a cada vez mais sem que ela soubesse o que era até ser levada pela dor a abrir tudo e arrancá-lo. Foi então que as palavras cruéis da nossa mãe — que minha irmã não merecia o marido — me voltaram à mente com seu significado alterado. Na época nos parecia inexplicável minha irmã deixar um marido assim, levando-o a atos de cuja crueldade ela era obviamente a catalisadora e causando danos irreparáveis às filhas, mas ela agora contava uma história diferente: a crueldade incipiente do marido era justamente aquilo de que ela sentia ter o dever de afastar as filhas, apesar de ao mesmo tempo não poder realmente provar que ela existisse. Minha irmã me falou", disse ela, "que ela e o marido um dia estavam tendo uma conversa sobre a antiga RDA e os modos horríveis como as pessoas traíam umas às outras sob o regime da Stasi e ela havia afirmado que nenhum de nós realmente conhece o tamanho da própria coragem ou covardia, porque hoje em dia essas qualidades raramente são testadas. Muito estranhamente, seu marido tinha discordado; tinha dito que naquelas mesmas circunstâncias sabia que estaria entre os primeiros a denunciar seu vizinho. Aquele, disse minha irmã, fora o primeiro vislumbre claro que ela tivera do estranho dentro do homem com quem vivia, embora tenha havido muitos outros incidentes no curso do seu casamento, claro, que poderiam ter lhe dito quem ele realmente era, isso se ele não tivesse conseguido convencê-la de que ela havia sonhado esses incidentes ou então os inventado.

"As filhas da minha irmã agora estavam melhorando a cada dia, e nos exames finais do ensino médio se saíram muito melhor do que os meus filhos, que mesmo assim se saíram razoavelmente bem. Meus filhos eram agradáveis e estáveis; já tinham identificado seu caminho profissional — um na engenharia, o outro na área de softwares — e enquanto se preparavam para terminar a escola e cair no mundo eu confiava que eles se tornariam cidadãos responsáveis. Meu marido e eu, em outras palavras, tínhamos cumprido nosso dever, e foi então que comecei a pensar em pegar alguns daqueles princípios feministas que havia distribuído a torto e a direito e usá-los para mim mesma. A verdade era que vinha me perguntando havia muito tempo o que poderia existir fora do mundo circunscrito do meu casamento e que liberdades e prazeres poderiam estar à minha espera ali; parecia-me que eu havia me comportado de modo honrado com minha família e minha comunidade e que aquele era um momento no qual eu podia, por assim dizer, renunciar a isso sem causar raiva nem mágoa e fugir na calada da noite. E parte de mim acreditava que eu merecia essa recompensa por todos aqueles anos de autocontrole e sacrifício, mas outra parte queria apenas ganhar o jogo de uma vez por todas; mostrar a uma mulher como minha irmã que era possível conquistar liberdade e autoconhecimento sem para isso ter que arrebentar o mundo inteiro na frente de todo mundo.

"Imaginei-me viajando", disse ela, "para a Índia e para a Tailândia sozinha, com uma simples mochila, movendo-me leve e veloz depois de tantos anos carregando peso nas costas; imaginei poentes e rios, picos de montanha visíveis em calmos anoiteceres. Imaginei meu marido em nossa casa na beira do canal com nossos filhos, com seus hobbies e amigos, e pareceu-me que talvez ele também se sentisse aliviado", disse ela, "pois ao longo das duas décadas do nosso casamento o contato entre nossas qualidades masculinas e femininas tinha feito ambos se desgastarem. Nós vivíamos juntos como ovelhas, pastando lado a lado, aninhados um junto ao outro durante o sono, habituados e sem pensar. Imaginei que poderia haver outros homens", disse ela, "e de fato havia muito tempo que outros homens vinham aparecendo nos meus sonhos, que tirando isso eram repletos de pessoas conhecidas e situações e preocupações igualmente conhecidas. Mas esses homens que apareciam eram sempre estranhos, não se baseavam em ninguém que eu já tivesse conhecido ou encontrado, mas apesar disso me reconheciam com um afeto e um desejo especiais e eu os reconhecia também, reconhecia no rosto deles algo que sentia já ter sabido mas que havia esquecido ou nunca encontrado e que só recordava agora, naquele estado de sonho. É claro que eu nunca contava a ninguém sobre esses sonhos, dos quais despertava sentindo uma felicidade insuportável e intensa que logo esfriava à luz da manhã invadindo nosso quarto e se transformava em decepção. Eu nunca tinha tido paciência para quem conta os próprios sonhos", disse ela, "mas sentia um forte desejo de contar os meus para alguém. No entanto, a única pessoa para quem eu conseguia pensar em contar", disse ela, "era o próprio homem do sonho.

"Por volta dessa época", continuou ela, "meu marido começou a mudar, e de maneira tão discreta que era impossível identificar ao mesmo tempo que era impossível ignorar. Era quase como se tivesse virado uma cópia ou uma falsificação de si mesmo, alguém idêntico sob todos os aspectos mas a quem mesmo assim faltava a qualidade autêntica do original. E de fato, toda vez que eu perguntava a ele o que havia de errado ele sempre respondia a mesma coisa: que estava se sentindo um pouco estranho. Perguntei a nossos filhos se eles tinham notado alguma coisa e durante muito tempo eles disseram que não, mas certa noite, quando os três tinham ido a um jogo de futebol — coisa que faziam com regularidade —, ambos reconheceram que eu tinha razão e que ele estava de alguma forma diferente. Mais uma vez era impossível dizer qual era a diferença, já que seu aspecto e seu comportamento estavam normais. Mas ele não estava realmente presente, disseram eles, e ocorreu-me que essa qualidade ausente poderia significar que ele estava tendo um caso. E de fato, certa noite na cozinha, pouco depois, ele falou de repente, muito sério, que tinha uma coisa para me dizer. Nesse instante", disse ela, "eu senti nossa vida inteira se quebrar, como se alguém a tivesse cortado com uma grande lâmina brilhante; quase tive a sensação de poder ver pelo teto da nossa cozinha o céu e o lado de fora e sentir o vento e a chuva entrarem pelas paredes. Já tinha visto outros casais se separarem", disse ela, "e em geral era como a separação de irmãos siameses, uma agonia demorada que no fim transforma em duas pessoas incompletas e tristes o que antes era uma pessoa só. Mas isso era tão rápido, tão repentino", disse ela, "um simples corte da corda que nos unia um ao outro, que eu quase não senti dor. Mas meu marido não estava tendo um caso", disse ela, inclinando a cabeça para trás em direção ao céu cinza e nublado e piscando os olhos várias vezes. "O que ele tinha para me dizer não era que a nossa vida juntos tinha acabado e que eu estava livre, e sim que ele estava doente", disse ela, "e além disso não com uma doença que apressaria sua morte, mas que iria, isso sim, prejudicar todos os aspectos da vida que lhe restava. Nós tínhamos vinte anos de casados", disse ela, "e ele poderia facilmente viver mais vinte, tinham lhe dito os médicos, e a cada dia perderia alguma faceta da sua autonomia e potência, uma espécie de evolução às avessas que o obrigaria a pagar de volta tudo o que tinha pegado da vida. E eu também teria de pagar", disse ela, "porque a única coisa proibida para mim era abandoná-lo naquela hora de necessidade, apesar de eu não mais amá-lo e de talvez nunca ter realmente amado e de ele talvez tampouco nunca ter me amado. Aquele seria o último segredo que teríamos de guardar", disse ela, "e também o mais importante, pois se fosse descoberto todos os outros também seriam, e toda a imagem que tínhamos criado da nossa vida e da vida de nossos filhos seria destruída.

"O novo namorado da minha irmã", prosseguiu ela depois de algum tempo, "tem uma casa numa das ilhas, a mais linda de todas. Meu marido e eu tínhamos sonhado muitas vezes em ter um imóvel lá, apesar de não podermos bancar sequer um curral de vacas naquele lugar. Mas sentíamos que aquilo teria tornado nossa família completa e era algo que sempre quiséramos, mas que mesmo assim permanecera fora do nosso alcance. Eu tinha visto fotos da casa do namorado dela", disse a entrevistadora, "uma casa espetacular bem na beira do mar, e as filhas dela às vezes aparecem nas fotos, e muito embora eu as conheça bem, elas parecem felizes desconhecidas. Mas eu nunca fui a essa casa", disse ela, "nem nunca irei, apesar de a minha irmã passar cada vez mais tempo lá e conseguir até reclamar de determinados aspectos do lugar, de modo que fiquei pensando se ela um dia vai rejeitá-la, assim como rejeitou praticamente todas as outras coisas que lhe foram dadas. Não sei mais o que se passa na cabeça da minha irmã", disse ela, "porque ela não me conta mais, e é isso — o fato de a vida dela agora ter seu próprio segredo — que me prova que ela agora vai, enfim, se agarrar ao que tem. Sinto que ela gostaria de nunca mais me ver na vida, e talvez até de nunca mais ver ninguém. Ela chegou ao fim de sua jornada, jornada que passei minha vida inteira observando-a fazer, e encontrou o que queria, apesar de eu tê-la observado com profunda ambivalência. O efeito foi fazê-la sumir da minha vista, como se eu tivesse aberto mão do meu direito de vê-la. E eu não consigo me livrar da sensação", disse ela, "de que tudo isso me foi roubado."

Ela passou um tempo calada, com o queixo erguido e os olhos parcialmente fechados. Um passarinho aterrissou curioso junto aos seus pés no caminho de cascalho e foi embora outra vez sem chamar atenção.

"Vez ou outra", continuou ela pouco depois, "encontrei pessoas que tinham se libertado de seus relacionamentos familiares. Mas sempre parece haver nessa liberdade uma espécie de vazio, como se para abrir mão dos parentes essas pessoas tivessem sido obrigadas a abrir mão de uma parte de si. Como o homem preso na geleira que cortou fora o próprio braço", disse ela com um leve sorriso. "Não pretendo fazer isso. Meu braço às vezes dói, mas considero meu dever ficar com ele. Outro dia", disse ela, "encontrei o primeiro marido da minha irmã na rua. Ele estava andando de pasta na mão, vestindo terno, e levei um susto porque essa roupa de executivo era algo que nunca tinha associado a ele: ele sempre tinha sido uma pessoa boêmia, um artista, e o fato de que ele jamais se rebaixaria a trabalhar num escritório — mesmo que isso significasse dificuldades financeiras para sua família — e seu modo condescendente de tratar quem o fazia eram algumas das coisas que eu supunha terem irritado meu marido. Minha irmã era quem ganhava o dinheiro na casa e afirmava até — como uma questão de princípio feminista — ficar feliz em fazê-lo, mas depois do divórcio imagino que ele tenha sido enfim obrigado a ganhar a própria vida. Na verdade, no fundo eu admirava seu desprezo por homens convencionais e, de fato, eu secretamente o compartilhava, então, como estou dizendo, levei um susto ao vê-lo aparentemente vestido como tal. Nós nos aproximamos na rua, nossos olhares se cruzaram e senti meu antigo apreço por ele ressurgir, apesar de tudo que tinha acontecido. Quando chegamos perto o suficiente abri a boca para falar e só então vi a expressão de puro ódio no rosto dele, e por alguns instantes pensei que ele estivesse de fato prestes a cuspir em mim. Em vez disso, ao passar por mim ele sibilou. Foi o mesmo barulho", disse ela, "que um animal teria feito, e eu fiquei tão chocada que simplesmente permaneci um tempo parada ali na rua depois de ele se afastar. Os sinos começaram a tocar", disse ela, "e ao mesmo tempo começou a chover, e eu fiquei parada com os olhos cravados na calçada, onde a água começava a empoçar e a refletir de cabeça para baixo os prédios, as árvores e as pessoas. Os sinos não paravam de tocar", disse ela, "e devia ser alguma ocasião especial, porque não acho que algum dia os tenha escutado tocar por tanto tempo, a ponto de acreditar que nunca parariam. A melodia que tocavam foi ficando cada vez mais frenética e cada vez mais sem sentido. Mas enquanto os sinos continuaram tocando não consegui me mexer", disse ela, "então fiquei ali, com água escorrendo pelos cabelos, pelo rosto e pelas roupas, assistindo ao mundo inteiro aos poucos se transferir para o espelho a meus pés."

Ela se calou com a boca esticada num estranho esgar, os olhos imensos vidrados e a declividade do nariz parecendo um poço de sombras à luz cambiante do jardim.

"Você me perguntou há pouco", disse-me ela, "se eu acreditava que a justiça fosse apenas uma ilusão pessoal. Não tenho resposta para isso", disse ela, "mas sei que ela deve ser temida, temida por cada parte sua, mesmo quando está abatendo seus inimigos e a coroando vencedora."

Então, sem dizer mais nada, ela começou a guardar suas coisas na bolsa com movimentos leves, rápidos, e virou-se para mim com a mão esticada. Segurei-a e senti a maciez e o calor surpreendentes de sua pele.

"Acho que já tenho tudo de que preciso", disse ela. "Na verdade pesquisei todos os detalhes antes de vir. É o que nós jornalistas fazemos hoje em dia", falou. "Um dia provavelmente vão nos substituir por um programa de computador. Li que você tornou a se casar", acrescentou ela. "Confesso que fiquei surpresa. Mas não se preocupe", disse ela, "não vou me concentrar nos aspectos pessoais. O importante é que vai ser uma entrevista longa, importante. Se eu conseguir terminar até amanhã de manhã", disse ela, olhando para o relógio, "quem sabe até publicam na edição vespertina."

A festa aconteceria num lugar no centro da cidade, e um guia fora indicado para acompanhar quem quisesse ir a pé do hotel até lá. Era um rapaz alto, magro, com cabelos fartos e lustrosos que desciam em ondas até quase os ombros e um sorriso fixo e radiante que nunca desaparecia enquanto os olhos se moviam depressa de um lado para outro, como se ele tivesse aprendido a se manter alerta para a possibilidade de uma emboscada.

Ele muitas vezes guiava participantes pela cidade, falou, já que a diretora do festival era sua mãe e tinha decidido assim tirar vantagem das suas capacidades de navegação, que, segundo tinham lhe dito, eram excepcionais. A lembrança que ele tinha de quase todos os lugares aos quais fora na vida era inteiramente nítida, bem como a de muitos lugares que nunca visitara, já que no tempo livre gostava de estudar mapas e de atribuir a si mesmo desafios topográficos que com frequência eram muito agradáveis de cumprir. Nunca visitara Berlim, por exemplo, mas tinha quase certeza de que, se o jogassem no meio da cidade, conseguiria se orientar e talvez até superasse alguns moradores da cidade indo no tempo mais curto possível, digamos, da piscina em Plötzensee até a biblioteca pública de Berlim. Tinha descoberto que descendo na estação de U-Bahn da Hauptbahnhof e cortando caminho pelo Tiergarten a pé era possível evitar uma série de baldeações de metrô complicadas, bem como economizar de dez a quinze minutos. Ficara preocupado que esse atalho se tornasse menos factível no inverno, quando, pelo que soubera, o clima em Berlim podia ser extremamente rigoroso, mas então lhe ocorrera o feliz pensamento de que, como a piscina era ao ar livre, era improvável que precisasse visitá-la em outra época do ano que não nos meses do verão.

A essa altura já tínhamos saído da área do hotel e estávamos andando por uma rua que parecia um túnel, com altos muros de concreto de ambos os lados, onde o rugido permanente do tráfego no viaduto era tão alto que Hermann, como o rapaz tinha se apresentado, tapou os ouvidos com os dedos antes de pegar de repente uma estreita viela à esquerda. O problema de levar um grupo para uma caminhada, continuou ele enquanto esperava os outros virem atrás, era entender como chegar ao final e ao mesmo tempo se adaptar a diferentes estilos e velocidades. Os que andavam mais depressa precisavam parar com frequência para que os mais lentos os alcançassem; isso significava que os membros do grupo em melhor condição física tinham mais oportunidades de descansar, enquanto os que andavam devagar nunca tinham uma chance de recuperar o fôlego. No entanto, se os mais lentos pudessem parar tantas vezes quanto os mais rápidos, a caminhada levaria aproximadamente o dobro do tempo; além disso, dessa forma os mais rápidos teriam de esperar duas vezes mais do que antes, o que gerava outros problemas, como tédio e frustração ou ficar com fome ou com frio. Sua mãe tinha lhe garantido que ele conseguiria encontrar soluções lógicas para esses problemas, mas ele tinha consciência de que muitas das coisas que a ele pareciam desafios racionais eram aos olhos dos outros metáforas e ele sempre ficava aflito que surgisse algum mal-entendido. Sua mãe tinha passado toda sua vida o incentivando a ler livros, não porque fosse uma daquelas pessoas que acreditavam que a leitura melhorava as pessoas mas porque tinha enfatizado que estudar obras de ficção pelo menos lhe permitiria acompanhar determinadas conversas sem confundi-las com a realidade. Quando criança, ele achava as histórias inventadas muito perturbadoras, e além do mais lhe desagradava que mentissem para ele, mas acabara entendendo que as pessoas apreciavam tanto o exagero e o faz de conta que os confundiam regularmente com a verdade. Tinha aprendido a se ausentar mentalmente dessas situações, acrescentou, rememorando trechos de textos filosóficos que sabia de cor e revisitando determinados problemas de matemática, ou às vezes apenas recitando alguns dos horários de ônibus mais obscuros do seu repertório até a situação passar.

Os outros já tinham a essa altura virado a esquina para entrar na viela e Hermann recomeçou a andar, caminhando rapidamente até chegarmos a um parque público onde parou mais uma vez para esperar. Aquele parque era um lugar muito agradável, disse ele, embora tivesse má reputação pois sua taxa de criminalidade era mais alta do que a de outros parques da cidade. Também constituía um atalho muito cômodo para pegar de bicicleta, saindo de casa do outro lado do rio e indo até a faculdade na qual ele cursava o ciclo básico, a ponto de ele poder levar dez longos minutos a mais para fazer o mesmo percurso pelas ruas. Espantava-o que seus colegas de turma, muitos dos quais tinham de fazer trajetos iguais ou semelhantes, não houvessem realizado os cálculos simples que revelavam um risco maior de se ferir nas ruas do que dentro do parque e continuassem a escolher a opção mais arriscada. Admitiam que era por insistência dos pais e a mãe dele tinha lhe explicado essa anomalia dizendo que a base biológica da paternidade e da maternidade era essencialmente a antítese da razão, e como tal podia ser vista como todo um sistema de lógica invertida. De modo geral sua mãe era uma pessoa lógica, disse ele, e embora admitisse ser quase impossível criar um filho sem deixar a sentimentalidade se intrometer, ele reconhecia que ela havia feito o melhor possível para alcançar esse objetivo, naquele caso continuando a apoiar sua escolha de trajeto mesmo depois de o próprio reitor da faculdade ter entrado em contato com ela preocupado com a sua segurança.

O parque era um longo trecho verde em declive que descia até a margem do rio, com grandes extensões arenosas nas quais as pessoas caminhavam ou ficavam sentadas em bancos sob o crepúsculo. Ao longe, um grupo de homens usando casacos refletivos podia ser visto num círculo na grama e Hermann explicou que eles eram contratados para impedir as pessoas de atravessarem aquele trecho do parque em especial. Na tentativa de recuperar a área, disse ele, não muito tempo antes fora construída uma nova sala de concerto que representava uma vitória da conciliação, no sentido de que satisfazia tanto as ambições de progresso dos urbanistas quanto a determinação dos conservadores de manter as coisas como estavam. Em vez de destruir o parque para dar lugar à nova construção, o arquiteto tinha bolado um projeto brilhante para construir o auditório debaixo da terra. Só quando a obra já estava pronta e permitiu-se que a vida do parque voltasse ao normal — sem que nada na superfície tivesse mudado — tornou-se evidente que o tráfego em cima fazia a acústica da sala de concerto funcionar ao contrário. Em vez de amplificar a música, o som de uma única pessoa andando pela grama era intensificado até alcançar proporções praticamente ensurdecedoras na sala de concerto lá embaixo.

Como a coisa toda fora projetada para ser imperceptível e para que o aspecto do parque não fosse afetado, considerou-se absurdo erguer uma barreira ou cerca em volta de um pedaço de gramado aparentemente vazio e pelos mesmos motivos — porque não podiam ver a mudança — as pessoas continuavam atravessando a grama como sempre tinham feito. A solução que os responsáveis pelo projeto encontraram para esse problema, disse Hermann, fora contratar aqueles homens para fazerem as vezes de cerca humana quando algum concerto estivesse acontecendo. O que eles não conseguiam entender, continuou ele, e seu sorriso radiante se intensificou, era que uma cerca ou placa tinha um significado claro para quase todo mundo ao passo que um indivíduo — mesmo usando um casaco refletivo — precisava se explicar. Quando em determinadas horas do dia alguém se aproximava daquele pedaço de gramado, disse ele, que no restante do tempo lhe era permitido atravessar livremente, um dos homens precisava explicar por que a pessoa não podia fazer aquilo e esse procedimento completo, disse Hermann, precisava ser repetido várias vezes por dia até inevitavelmente surgirem questões de agressão e aplicação da regra, uma vez que não existia nenhuma lei de verdade que proibisse as pessoas de atravessarem o gramado, e mesmo o fato de estar havendo um concerto não parecia uma justificativa suficiente para algumas pessoas mudarem seu trajeto. Enquanto isso, os espectadores do concerto se enfureciam por causa do barulho e pediam seu dinheiro de volta. Eu acho, disse ele, que alguns dos incidentes que se seguiram chegaram aos tribunais e como o objetivo da lei é determinar objetividade será interessante ver o desfecho desses casos. Ele gostava de estudar questões jurídicas espinhosas no seu tempo livre, acrescentou, algumas das quais na verdade eram bastante divertidas. Seu caso preferido era um em que uma mulher estava atravessando a cidade ao volante de seu carro quando um enxame inteiro de abelhas entrou pela janela, que ela havia deixado aberta alguns centímetros porque o dia estava muito quente. No pânico que se seguiu, ela entrou com o carro na vitrine de uma pâtisserie próxima e causou sérios prejuízos — embora por sorte nenhuma perda de vida humana —, pelos quais tanto ela quanto a seguradora acreditavam que ela não fosse responsável, crença da qual o juiz discordava por completo.

Perguntei a Hermann que tipo de faculdade ele fazia e ele respondeu que era um curso especializado em matemática e ciências que aceitava alunos do país inteiro. Antes disso estudava na escola do seu bairro, disse ele, da qual não gostava tanto, embora no final de seu período lá ele na verdade houvesse se tornado bastante requisitado pelos outros alunos depois de descobrirem que ele podia ajudá-los a estudar para os exames finais do ensino médio. Ele não se dava tão bem com os professores, porém, e muitas vezes tivera de ouvir a mãe ser criticada por isso, algo que lamentava muito, mas como ela mesma nunca o havia criticado ele continuara supondo que estivesse tudo bem. Segundo sua mãe, fazia parte da natureza humana as pessoas desejarem o mal do outro pelo simples fato de elas próprias terem sido maltratadas; a repetição dos padrões de comportamento era a curiosa panaceia com a qual a maioria das pessoas buscava aliviar o sofrimento causado exatamente por esses mesmos padrões. Ele tinha tentado encontrar um modo de expressar essa contradição em termos matemáticos, mas como se tratava de algo inerentemente ilógico ainda não tinha conseguido. Até onde sabia, não se podia solucionar um problema simplesmente reformulando-o ao infinito, a menos que você confiasse no infinito em si para desmembrar determinados fatores.

Agora os outros estavam se aproximando de nós pelo caminho e Hermann retomou a descida do declive pela grama em direção ao rio, apontando exageradamente com a mão erguida acima da cabeça para indicar nossa direção. Desculpou-se no caso de eu achar que ele estava falante demais; gostava de falar e sempre fora incentivado pela mãe a fazer perguntas, de modo que ficara surpreso ao descobrir que os outros raramente perguntavam qualquer coisa uns aos outros. Tinha chegado à conclusão de que a maioria das perguntas não passava de uma tentativa de estabelecer conformidade, como problemas de matemática rudimentares. Dois mais dois de fato em geral eram quatro; era quando você dava uma resposta diferente, descobrira ele, que as pessoas ficavam incomodadas. Segundo sua mãe, ele não tinha dito uma palavra sequer até os três anos de idade; ela adquirira o hábito de falar sozinha em voz alta sem esperar resposta alguma e portanto ficara muito surpresa no dia em que, quando estava procurando as chaves e se perguntando onde as teria colocado, ele lhe informou do cadeirão que as chaves estavam no bolso do casaco dela, pendurado no hall. Depois disso passara a falar sem parar, e se a sua mãe tinha achado isso irritante sempre fora demasiado educada para comentar. O interessante era que ele recentemente tinha feito um amigo na faculdade que pronunciava errado quase todas as palavras que usava, pois embora seu vocabulário fosse impressionante ele tinha lido muito mais do que falado e em conversas complexas como as que tinha com Hermann dizia em voz alta palavras que até então haviam permanecido armazenadas na sua cabeça como meras seqüências de letras com significado. Hermann tinha sorte por ter podido falar tanto com a mãe, que entendia a maior parte do que ele dizia; sabia que para muitos pais e filhos esse nem sempre era o caso.

Parte do que lhe agradava na faculdade, disse ele, era que pela primeira vez estava encontrando pessoas cujas experiências se assemelhavam às suas e que pensavam sobre o mundo de um modo bem parecido com o seu. Era engraçado pensar que o tempo todo, enquanto ele estava sentado em casa olhando pela janela do quarto, aquelas outras pessoas em outros lugares estavam olhando pelas janelas dos seus, todas pensando em coisas parecidas, coisas em que mais ninguém parecia pensar. Em outras palavras, ele não era mais uma minoria; na verdade tinha até descoberto que alguns de seus colegas possuíam um conhecimento superior em determinadas áreas, como por exemplo sua amiga Jenka, com quem ele passava uma grande parte do seu tempo. Jenka e ele se davam extremamente bem e suas mães também tinham se tornado boas amigas. As duas mulheres tinham ido recentemente caminhar juntas de férias nos Pireneus, as primeiras férias que sua mãe jamais tirara sem ele, de modo que ele torcia para ela não ter sentido demais a sua falta. Jenka e ele eram bem diferentes, acrescentou, o que curiosamente parecia ser a razão que os tornava amigos. Por exemplo, Jenka raramente falava, enquanto ele achava difícil calar a boca; esse era um exemplo de compatibilidade, em que dois extremos se modificavam ao se combinar. Algumas pessoas na faculdade diziam que Jenka talvez fosse a pessoa mais inteligente da sua idade no país. Ela nunca dizia nada a menos que tivesse algo importante para expressar, o que fazia você perceber quanto daquilo que as pessoas em geral diziam — e ele se incluía nessa afirmação — era desimportante.

No final do ano, continuou ele, a faculdade concedia um prêmio especial para o aluno e a aluna de maior destaque. Era interessante que, ao conferir esse prêmio, a categoria gênero fosse considerada acima daquela da excelência; no início isso lhe parecera ilógico, mas depois ele concluíra que, como pessoalmente nunca tinha considerado o gênero um fator, talvez não estivesse numa situação propícia para compreender por completo o seu significado. Estaria interessado em saber minha opinião sobre isso, caso eu tivesse uma. Sua mãe, por exemplo, achava que masculino e feminino eram duas identidades distintas, porém iguais, e que ter dois prêmios era o que de mais sensato havia para honrar as conquistas humanas. Mas muitas outras pessoas achavam que deveria haver apenas um prêmio, concedido ao melhor aluno ou aluna. A condição do gênero, segundo essas pessoas, encobria o triunfo da excelência. A reação de sua mãe a isso era interessante: se não houvesse condição, dissera ela, não haveria como garantir que a excelência permanecesse dentro de uma estrutura moral e não fosse posta a serviço do mal. Ele tinha achado esse argumento um pouco antiquado, o que era surpreendente, uma vez que a sua mãe em geral tinha um pensamento bem arrojado. O fato de ela ter usado a palavra "mal", em especial, tinha sido um choque e tanto. Ele às vezes se perguntava como seria a vida dela depois que ele fosse embora para a universidade no ano seguinte, mas apesar de ele de fato parecer possuir determinados talentos, infelizmente uma boa imaginação não estava entre eles.

Estávamos agora andando bem ao lado do rio, por um caminho mais largo de cimento onde havia pessoas sentadas em cafés ao ar livre diante de grandes e luminosos copos de cerveja, conversando, olhando os celulares ou então encarando a água acinzentada com um olhar vazio. Não faltava muito mais para chegarmos ao nosso destino, disse Hermann, mas aquele era o trecho mais arriscado do caminho, uma vez que ali havia mais gente e a possibilidade de as coisas darem errado tendia a ser proporcional à quantidade de elemento humano. Além disso, ele estava achando nossa conversa muito interessante, então havia o perigo adicional de esquecer para onde deveríamos estar indo. Mas de fato queria ouvir minha opinião sobre os tópicos discutidos e mais particularmente sobre os comentários de sua mãe, isto é, se ele tivesse conseguido transmiti-los corretamente.

Eu disse que a ideia do gênero como um baluarte contra o mal tinha me surpreendido, porque o mito bíblico nos dava justamente a impressão oposta: que, longe de evitar o mal, o caráter mutuamente distinto do masculino e do feminino representa uma suscetibilidade singular a ele. Eva é influenciada pela serpente e Adão é influenciado por Eva; eu não entendia muito de matemática, falei, mas ficaria interessada em saber se isso poderia ser expresso em uma fórmula e, caso sim, se a serpente seria um elemento ilógico nela. Em outras palavras, imaginei que seria difícil atribuir um valor à serpente, que podia ser tudo e qualquer coisa. Tudo que a história prova, falei, é que Adão e Eva são igualmente capazes de serem influenciados, só que por coisas diferentes.

Hermann franziu o cenho e disse que talvez fosse mais fácil ver aquilo como uma figura geométrica: expressa como um triângulo, por exemplo, a relação Adão/Eva/serpente é mais tangível, já que a função da triangulação é fixar dois pontos usando um terceiro e portanto estabelecer objetividade. Se eu me interessasse por metáforas, disse ele, o papel da serpente é simplesmente criar um ponto de vista a partir do qual as fraquezas de Adão e Eva possam ser observadas, e assim a cobra poderia representar qualquer coisa que triangula a relação de duas identidades, como a chegada de um filho poderia triangular os pais. Ele prosseguiu dizendo que, em relação a essa última parte, o seu próprio caso era mais complicado, já que pela força das circunstâncias ele tinha por assim dizer interpretado o papel de Adão para a Eva de sua mãe. Nunca chegara a conhecer o pai, que tinha deixado o planeta algumas semanas antes de Hermann chegar nele; estava preocupado por não ter incluído essa informação específica na nossa conversa até agora e sentia-se satisfeito por eu ter lhe proporcionado a oportunidade de encaixá-la. No caso, ele tinha muitas vezes se perguntado se ele e a mãe seriam triangulados e, caso sim, por quem. Infelizmente o único papel disponível era o da serpente, acrescentou, e reconheceu ter ficado atento à chegada dessa perturbadora presença. Mas sua mãe até agora não tornara a se casar, embora fosse muito bonita — isso era apenas uma opinião, aliás —, e quando ele havia lhe perguntado qual era a probabilidade de algum dia vir a fazê-lo ela havia respondido que tal passo exigiria que ela se tornasse duas pessoas e que ela preferiria continuar sendo apenas uma. Sua mãe raramente falava no sentido figurado pois sabia que isso o perturbava, mas ele aceitava que nessa ocasião tivesse escolhido esse como o menor de dois males — se é que eu lhe permitia usar a palavra outra vez. Na sua opinião, ela queria dizer que o seu papel biológico como sua mãe seria incompatível com o papel de esposa de alguém sem vínculo biológico e essa consciência o tinha feito se sentir culpado, a ponto de ele pensar que a melhor coisa seria ele sair de casa na mesma hora e encontrar algum modo de se destruir. Mas felizmente ela havia proporcionado um esclarecimento, a saber, que estava feliz com as coisas como elas eram.

Voltando ao tema do prêmio da faculdade, disse ele, o nome escolhido para designá-lo fora "Kudos". Como eu provavelmente sabia, a palavra grega *kudos* era um substantivo singular que havia se tornado plural por meio de um processo de formação inversa: um *kudo* sozinho na verdade jamais existira, mas no uso moderno seu significado coletivo fora alterado pela confusa presença de um sufixo plural, de modo que *kudos*, portanto, significava literalmente "prêmios", mas na sua forma original denotava o conceito mais amplo de reconhecimento ou mérito, além de sugerir algo que poderia ser falsamente reivindicado por outra pessoa. Por exemplo, ele tinha ouvido a mãe reclamar com alguém no telefone outro dia que o comitê de diretores levava o *kudos* pelo sucesso do festival enquanto ela fazia o trabalho todo. Considerando os comentários de sua mãe sobre masculino e feminino, a escolha desse plural fabricado era bastante interessante: o individual havia sido suplantado pelo coletivo, mas ele acreditava que ainda assim isso deixava a questão do mal inteiramente em aberto. Reconhecia que, apesar de extensas pesquisas, não conseguira encontrar nada que corroborasse o uso da palavra por sua mãe num contexto de apropriação equivocada. Prêmios podiam ser concedidos à pessoa errada sem que houvesse má intenção envolvida?

Ele não tinha perguntado à faculdade se o seu prêmio — talvez tivesse se esquecido de comentar que o vencedor fora ele, junto com sua amiga Jenka — era um *kudo* ou um *kudos*, mas imaginava que a instituição não estivesse muito preocupada com o aspecto gramatical. Fora muito agradável vencer; sua mãe tinha ficado extremamente feliz, embora ele tivesse precisado pedir a ela para não se tornar desnecessariamente emotiva.

Os outros caminhavam lentamente pela beira do rio e paramos para esperar que nos alcançassem. Meu telefone tocou e o número do meu filho mais velho apareceu na tela.

"Adivinhe o que estou fazendo agora?", disse ele.

Me conte, falei.

"Saindo pelo portão da escola pela última vez", disse ele.

Parabéns, falei.

Perguntei como tinha sido o exame final.

"Surpreendentemente bom", disse ele. "Na verdade eu até gostei."

Eu talvez me lembrasse, disse meu filho, que ele havia passado muito tempo estudando um tema — a história das representações da Madona — que não tinha caído nem uma vez nas provas antigas que ele havia consultado. Continuara estudando aquilo, duvidando o tempo inteiro da racionalidade desse esforço, mas sem conseguir se convencer a parar. Quando abriu a prova, a primeira pergunta era sobre esse tema.

"Eu tinha tanta coisa para dizer que esqueci que estava numa prova", disse ele. "Na verdade foi um prazer. Nem consegui acreditar direito."

Mas deveria, falei, já que aquilo tinha uma explicação concreta, que era que ele tinha estudado muito.

"É, acho que sim", disse ele. Fez-se um silêncio. "Quando você volta para casa?", perguntou.

Depois que terminamos de falar, Hermann me perguntou se o meu ou os meus filhos eram bons em matemática. Eu disse que nenhum dos dois tinha optado por essa matéria, algo que eu às vezes me preocupava que fosse uma consequência de os meus próprios interesses estarem em outra área, o que me levara involuntariamente a fazer determinados aspectos do mundo parecerem mais reais e mais importantes para eles do que outros. Hermann sorriu encantado diante da impossibilidade dessa ideia; não havia motivo para eu me preocupar com isso, disse ele, já que as pesquisas haviam demonstrado que a influência dos pais no resultado da personalidade dos filhos era praticamente nula. O efeito de um pai ou mãe se limitava quase exclusivamente à qualidade do seu cuidado e do ambiente familiar, bem semelhante a uma planta que murcha ou viceja dependendo de onde é posta e dos cuidados que se dedica a ela, ao mesmo tempo que sua estrutura orgânica se mantém inviolável. Sua mãe, por exemplo, recordava que havia parado de conseguir responder às perguntas dele sem recorrer a livros escolares em algum momento entre as idades de quatro e cinco anos. Seu interesse pela matemática, em outras palavras, precedia qualquer tentativa de incentivá-lo ou frustrá-lo; a menos que eu tivesse me esforçado muito para impedir meus filhos de demonstrarem esse interesse, era improvável que eu tivesse tido qualquer influência.

Eu disse que, pelo contrário, tinha conhecido muitas pessoas cujas ambições eram resultado da influência parental e muitas outras a quem se tinha impedido de se tornar quem elas queriam ser. Os filhos de artistas — na minha experiência — tinham sido particularmente suscetíveis aos valores dos pais, como se a liberdade de um se transformasse no jugo do seguinte. Essa ideia me repugnava de um modo singular, falei, pois sugeria algo além da simples negligência ou egoísmo, um tipo especial de culto ao ego que buscava eliminar os riscos da criatividade escravizando os outros ao seu próprio ponto de vista. E havia outros que tinham adquirido o que poderíamos considerar um talento divino pela sua simples força de vontade. Em outras palavras, eu não aceitava a primazia da preordenação; para voltar aos seus comentários sobre plantas, o que essa analogia deixava de fora era a possibilidade do ser humano de criar a si mesmo.

Hermann passou um tempo calado e, parados junto à ponte, ficamos olhando as formas quebradas que seu reflexo criava na água. Ele achava que Nietzsche, falou pouco depois, tinha usado como lema uma expressão de Píndaro: torne-se aquilo que você é. Talvez, em outras palavras, nós pudéssemos concordar em discordar, contanto que essa expressão significasse a mesma coisa para nós dois. Se ele estava me entendendo direito, eu atribuía a fatores externos uma capacidade de alterar o eu, ao mesmo tempo que acreditava que o eu fosse capaz de determinar ou mesmo de alterar a própria natureza. Reconhecia ter tido muita sorte por ninguém, até então, ter tentado impedi-lo de ser o que era; eu mesma talvez não tivesse tido tanta sorte. Mas a expressão era interessante na medida em que pressupunha o fato do eu como uma verdade, de um modo que fazia o *cogito ergo sum* parecer francamente banal.

Uma resposta inicial poderia ser perguntar como algo pode se tornar aquilo que já é; ele acreditava ter estabelecido alguns parâmetros para uma conversa bem interessante sobre esse tema. Quem sabe se eu tivesse algum tempo livre disponível nos próximos dias nós pudéssemos continuá-la.

O restante do grupo estava se aproximando e Hermann se calou e pôs-se a contá-lo. O número de pessoas que tinham chegado, comentou, era o mesmo das que tinham partido; imaginava que devesse considerar a possibilidade, uma vez que não vinha prestando muita atenção, de que um ou mais integrantes do grupo tivessem sido subtraídos e substituídos por outros no caminho, mas pensando bem isso era bastante improvável. O lugar da festa ficava logo depois daquela ponte, disse ele; se eu olhasse poderia vê-lo dali. Estava torcendo para eu não ter achado a sua companhia irritante, acrescentou. Tinha se dado conta de que nem sempre conseguia dizer se a sua presença era desejada ou não. Mas, no que lhe dizia respeito, tinha sido uma caminhada muito agradável.

Havia uma fila grande para a comida no bar, onde os garçons estavam tendo dificuldade para operar o sistema de fichas. O recinto era um espaço moderno e cavernoso encimado por uma alta marquise de vidro, que tinha por efeito intensificar o burburinho da música e das conversas ao mesmo tempo que fazia as pessoas ali presentes parecerem diminuídas e pequeninas, de modo que a festa parecia dominada por um clima de pânico que a presença de tantas superfícies refletoras só fazia aumentar. Já estava escuro agora e a luz elétrica proveniente dos prédios lá fora chovia pelo teto de vidro no formato de lanças entrecruzadas enquanto o corpo negro do rio ondulava logo depois das janelas, com as figuras humanas lá dentro interpostas em reflexo nas superfícies agitadas.

O problema, observou a mulher ao meu lado, era que as fichas tinham valores que não casavam com os preços das comidas, de modo que a questão de como dar o troco não fora resolvida. Além disso, algumas pessoas queriam comer e beber mais do que outras, mas todos tínhamos recebido a mesma quantia. Ela própria comia pouco, uma vez que era pequena e também já tinha certa idade; um homem adulto com bom apetite precisaria de uma quantidade três vezes maior. Ela entendia, porém, que do ponto de vista do festival teria sido impraticável deixar os convidados com livre acesso a um número ilimitado de fichas e também injusto fazer distinções entre eles com base na necessidade, pois quem pode dizer quais são as necessidades do outro? E no ponto em que estamos, disse ela, olhando resignada para a fila no começo da qual vários garçons conferiam e estudavam as fichas exaustivamente com um ar de incompreensão, enquanto as pessoas na fila davam sinal de estarem cada vez mais indóceis, é improvável conseguirmos o que quer que seja. Nós inventamos esses sistemas com o intuito de garantir a justiça, disse ela, mas a condição humana é tão complexa que sempre se esquiva das nossas tentativas de abarcá-la. Enquanto estamos travando a guerra numa frente, disse ela, em outra o caos já surgiu, e muitos regimes chegaram à conclusão de que é a individualidade humana a causa de todos os problemas. Se as pessoas fossem todas iguais, disse ela, e compartilhassem um único ponto de vista, é claro que isso nos tornaria muito mais fáceis de organizar. E é aí, disse ela, que começa o verdadeiro problema.

Ela era uma mulher minúscula e magra, com um corpo infantil e um rosto largo, ossudo e astuto, no qual os olhos grandes de pálpebras pesadas tinham uma paciência quase reptiliana e piscavam ocasionalmente e devagar. Havia assistido ao meu evento naquela tarde, acrescentou, e ficara impressionada, como muitas vezes acontecia, com a inferioridade dessas apresentações em comparação com a obra que constituía o seu tema, que parecia ser rodeada por uma falta de objetivo cada vez maior e jamais penetrada. Nós podemos andar pelo terreno, disse ela, mas nunca entramos no prédio. O objetivo de festivais como aquele tinha se tornado cada vez menos claro para ela, apesar de ela fazer parte do comitê de direção, ao passo que o valor pessoal que atribuía aos livros tinha — pelo menos para ela — aumentado; no entanto, sua sensação era que a tentativa de transformar um passatempo privado — a leitura e a escrita — numa preocupação pública estava dando origem a uma literatura própria, em que muitos dos escritores convidados para o festival eram excelentes nas aparições públicas enquanto produziam obras que ela considerava francamente medíocres. No caso dessas pessoas, disse ela, tudo que existe é o terreno; o prédio não existe, ou se existir é uma estrutura temporária que será varrida pela próxima tempestade. Mas ela reconhecia, disse ela, que a sua idade podia ter algo a ver com essa opinião pessimista. Cada vez mais se pegava virando as costas para o contemporâneo e voltando aos marcos da história literária. Ultimamente vinha lendo Maupassant e estava achando sua obra tão atual e encantadora quanto no dia em que fora escrita. Enquanto isso, o rolo compressor irrefreável da literatura comercial seguia em frente, embora ela tivesse a sensação de que o casamento entre os dois princípios — comércio e literatura — não estivesse gozando de muito boa saúde. Um pequeno ajuste no gosto do público, disse ela, uma decisão de gastar dinheiro com outra coisa, e a estrutura inteira — toda a indústria global de edição de livros de ficção e suas afiliadas — poderia desaparecer num instante, deixando a pequena rocha da literatura autêntica onde ela sempre estivera.

Ela estava usando um xale preto de tecido diáfano, que afastou de modo a estender para mim uma pequena mão ossuda com vários anéis antigos reluzentes nos dedos e se apresentou com um nome tão comprido e complicado que tive de lhe pedir para repetir. Me chame de Gerta, disse ela, descartando o pedido com um gesto e um sorriso dos lábios finos; o resto do nome era um palavrório inútil. Daqui a algumas décadas, disse ela, ninguém mais vai ligar para nomes como esse, muito embora para seus donos eles fossem uma responsabilidade sagrada. Ela tinha quatro filhos, disse, e nenhum deles ligava a mínima para seu direito de nascença ou para quem herdaria o quê. Só não nos deixe numa situação que possa nos fazer brigar, tinham lhe dito recentemente, e era verdade que a sua geração fora afligida por extraordinárias desavenças e disputas relacionadas a questões de herança. Mas os seus filhos não ligavam nem para dinheiro nem para terras, talvez por sempre os terem tido e por terem visto o pouco que isso adiantava. Ou melhor, tinham visto o suficiente para saber que apenas uma linha finíssima os separava de seus antepassados e que tudo que ela precisava fazer era inclinar a balança numa ou noutra direção para condená-los ao mesmo destino. Tinham insistido um número incontável de vezes para ela vender as propriedades da família e aproveitar os lucros em vida até o último centavo, disse ela, rindo, como se este meu corpo frágil fosse capaz de usar todos os nossos bens e transformá-los em prazeres efêmeros. O seu próprio pai, disse ela, tinha sido extraordinariamente parcimonioso e em seus últimos anos vivera praticamente à base de biscoitos de água e sal e cubinhos de queijo; ficara conhecido por aparecer em jantares suntuosos levando uma garrafa de vinho de supermercado já aberta da qual tinha bebido talvez uma única taça algumas semanas antes, quando seus anfitriões teriam esperado algum presente dos seus extensos vinhedos. Era esse ascetismo do pai, disse, que ela sempre interpretara como uma determinação para não causar nenhum prejuízo à fortuna da família, o que a impedia de vender ou doar o que lhe fora legado. Mas hoje, disse ela, fico pensando se na verdade isso não era uma espécie de vício ou uma expressão da raiva dele. Ele havia meticulosamente reconstruído essas fortunas, dizimadas por duas guerras mundiais, mas a ela parecia que o trauma do início da vida causava mais danos do que o trauma da história. Quando ele era criança, disse ela, e a propriedade se encontrava no auge, os criados se ajoelhavam diante do seu pai para oferecer os frutos da caçada ou colheita do dia. Ele tinha uma babá que havia matado seu coelho branco como punição por uma travessura qualquer e aparecido no dia seguinte usando o regalo fabricado com a pele do animal. É impossível se recuperar de tamanha grandiosidade e de tamanha crueldade, disse ela, ou da combinação fatal de ambas. A história passa por cima de tudo como um trator, disse ela, esmagando tudo pela frente, enquanto a infância mata as raízes. E é esse o veneno que penetra no solo, disse.

Apesar disso, no fundo ela acreditava que sem história não havia identidade, então em última instância não conseguia entender a falta de interesse dos filhos pelo próprio passado e tampouco sua devoção ao culto da felicidade. O mundo deles é um mundo sem guerra, disse ela, mas é também um mundo sem memória. Eles perdoam com tanta facilidade que é quase como se nada importasse. Tratam bem os próprios filhos, disse ela, melhor do que a nossa geração jamais tratou, mas apesar disso suas vidas me parecem não ter beleza. Ela se calou e piscou os olhos devagar.

Talvez uns quinze anos atrás, continuou, quando o mais novo estava para sair de casa, meu marido e eu falamos em nos divorciar, e embora nós dois quiséssemos ser livres no fim das contas não estávamos preparados para impor aos nossos filhos o desmantelamento do mundo que eles conheciam. Parecia bastar termos ambos admitido um para o outro o que sentíamos e portanto continuamos a viver mais ou menos como vivíamos antes, disse ela, só que com esse reconhecimento entre nós. Meu marido cuida da exploração da propriedade, porque é assim que sempre conseguiu se sentir necessário e útil, enquanto eu cuido da administração e de outras obrigações públicas decorrentes do meu interesse pelas artes. Nós nos falamos muito pouco, disse ela, e como a casa é grande às vezes podemos passar dias sem nos vermos. Recebemos muitos convidados, disse ela, porque a propriedade fica numa região rural muito bonita e eu tenho muitos amigos escritores que a consideram um lugar ideal para trabalhar, e talvez na verdade eu sempre me certifique de que haja alguém na casa, de modo que meu marido e eu raramente estejamos lá sozinhos. Nossos filhos e netos vão nos visitar, disse ela, sempre com suas grandes montanhas de equipamentos de plástico, suas comidas especiais e seus jogos eletrônicos, e nos encontram como sempre nos encontraram, só que o que antes havia entre nós agora não existe mais. E eu me pergunto, disse ela, se nós não lhes fizemos um grande desserviço ao poupá-los dessa dor, que poderia de algum modo tê-los trazido para a vida, ao mesmo tempo que sei que isso não teria como ser verdade e que o que me faz pensar isso é apenas a minha crença no valor do sofrimento. Sou uma daquelas pessoas que acredita que sem sofrimento não pode haver arte, disse ela, e não tenho a menor dúvida de que o meu amor pela literatura em especial vem do desejo de ter essa crença confirmada. Às vezes, disse ela, quando acordo cedo de manhã, gosto de ir andar pela nossa propriedade, pois isso me tranquiliza de que as decisões que tomei foram as certas. Em especial nas manhãs do início do verão, disse ela, quando o sol está nascendo através da névoa, aquilo lá tem uma beleza impossível de traduzir em palavras. Essa ainda é a maior alegria que eu tenho, disse ela, mas tem também sua própria crueldade, pois no auge da beleza pode me dar a ilusão de que teria havido outras alegrias, maiores, caso essa não me tivesse sido entregue como o meu destino. Ela sorriu seu sorriso de lábios finos. Talvez, falou, nós só vejamos que estávamos livres desde o início quando já é tarde demais para fugir.

Ela teria de ficar sem comer, acrescentou, já que a fila mal tinha andado em todo esse tempo; precisava acordar cedo para cuidar dos netos, e em todo caso não tinha mais ânimo para ficar até tarde em festas.

"Espero que tornemos a nos encontrar", disse ela, tirando das dobras do xale um pequeno cartão branco e pondo na minha mão. "Como eu disse, muitos escritores acharam a minha casa um lugar ideal para trabalhar, e como há espaço de sobra a senhora não seria incomodada. Espero que aceite o meu convite", disse ela, movendo os grandes olhos pelo recinto sem piscar. A poucos metros de nós estava um homem abatido apoiado numa bengala e por alguns instantes pensei que poderia ser o marido de Gerta, já que ela o encarou de modo muito penetrante, mas então vi que apesar da aparência emaciada e da postura envelhecida ele na verdade não tinha mais de quarenta e cinco anos. Veio mancando na nossa direção com sua bengala e cumprimentou Gerta, que o beijou calorosamente nas duas bochechas.

"Você me flagrou saindo de fininho", disse Gerta. "Estou velha demais para tanta gente e tanto barulho."

"Ah, que nada", disse ele. Falava com um sotaque irlandês que tinha um leve timbre transatlântico. "É que eles ainda não puseram a sua música preferida. Como vai?", disse ele para mim.

"Vocês dois se conhecem, claro", disse Gerta.

Fazia alguns anos, disse Ryan, mas, sim, já tínhamos nos encontrado algumas vezes.

Ele enrugou a testa num aparente esforço para recordar a última. A pele pendia tão frouxa de seu rosto que formava dobras semelhantes às de um palhaço, acentuando suas mudanças de expressão, e a luz forte do recinto lhe dava uma tonalidade horrorosa, quase espectral. Ele estava usando um terno de linho claro que também pendia de seu corpo em dobras folgadas e a luz elétrica realçava essas dobras de modo que ele quase parecia estar envolto em ataduras. Tinha o aspecto de alguém acometido por algo extremo ou mesmo por alguma força retributiva que o houvesse atacado e depois abandonado, punido e enfraquecido, para seguir mancando, impressão para a qual a bengala contribuía com um toque final. Peguei-me pensando no que ele teria feito para merecer aquilo e se eu mesma seria de algum modo responsável, pois em determinado momento havia acreditado que pessoas como Ryan levassem a vida na impunidade.

"Ryan falou na sede da prefeitura agora à noite", disse Gerta, elevando a voz trêmula acima do alarido. "Foi um sucesso retumbante."

"Tinha muita gente", disse Ryan.

"O tema era unidade na era do interesse individual", disse-me Gerta. "A mesa era interessante. Ryan causou um rebuliço e tanto."

"Eu só disse", falou Ryan, "que para mim as duas coisas não eram mutuamente excludentes."

"Essa é uma questão bem atual", disse Gerta, "já que vocês britânicos estão pensando em pedir o divórcio."

"Eu não tenho nada com isso", disse Ryan num tom jovial. "Sou irlandês e meu casamento vai muito bem, obrigado."

"Vai ser um tremendo erro", disse Gerta, "como talvez sempre seja."

Ryan descartou o comentário com um gesto da mão livre e apertou a bengala com a outra.

"Isso nunca vai acontecer", falou. "É como a minha mulher, que ameaça me deixar toda sexta-feira à noite depois de tomar umas e outras. O falcão não só consegue escutar o falcoeiro", acrescentou ele com ênfase, "como adquiriu o hábito de comer na sua mão."

Gerta riu.

"Maravilhoso", disse ela.

"A única coisa que se pode afirmar com certeza sobre as pessoas", disse Ryan, "é que elas só se libertam se a liberdade for do seu interesse."

"Você precisa ir nos visitar no campo", disse Gerta, levando a mão até dentro do xale e lhe entregando um dos cartões brancos que tinha me dado. "Quem sabe lá encontra inspiração para escrever uma continuação do seu fenômeno? Eu gostaria de pensar que contribuímos com um pouquinho da magia."

"Claro", disse Ryan, movendo os olhos estreitos pelo salão. "Prazer em vê-la", acrescentou, segurando a mão de Gerta entre as suas.

"Deu para ver que por alguns instantes você não me reconheceu", disse-me ele depois de a observarmos ir embora devagar. "Na verdade acontece o tempo todo, então não se preocupe. Já me acostumei com a mudança", disse ele, passando uma das mãos pelos cabelos, que eram mais compridos do que eu me lembrava e que ele agora usava de um jeito mais solto, penteados para trás, "mas eu sei que é um choque para quem não me vê há um tempo. Encontrei umas fotos antigas outro dia e mal consegui me reconhecer, então sei como é. Para ser sincero, até eu me assusto às vezes. Não é todo dia que se perde metade do peso do corpo, não é? O mais estranho", disse ele, "é que às vezes sinto que a outra metade continua aqui. Só que ninguém consegue mais ver."

Um garçom passou com uma bandeja de bebidas e Ryan levantou a mão num gesto de recusa.

"Desmamei disso aí, para começar", disse ele. "O velho leite materno. Se bem que ajuda a dormir, isso eu reconheço. Hoje em dia fico acordado até altas horas. Na verdade muita gente fica", falou. "Graças a Deus existem as mídias sociais. Eu não fazia ideia de quanta coisa estava acontecendo. É quase como se estivesse vivendo em outro século. Agora converso com gente de LA e Tóquio às três da manhã em vez de dormir para curar a ressaca. Minha mulher adora", disse ele. "Se as crianças acordam, não chegam mais nem perto dela."

Ele tinha se virado e a luz agora caía sobre ele num ângulo ligeiramente diferente. Vi então que o que eu havia interpretado como sinais de infortúnio eram na verdade sinais de sucesso e me perguntei como esses dois extremos podiam se confundir tão facilmente um com o outro. Seu terno folgado tinha um modelo desestruturado cheio de estilo e, assim como a cuidadosa desordem dos cabelos, obviamente tinha custado caro. Quanto ao aspecto emaciado, era resultado, disse Ryan então, de ele ter decidido fechar a boca. Na verdade fora a mulher que o fizera começar aquele regime todo, acrescentou ele, embora nunca tivesse imaginado que ele fosse tão longe quanto tinha ido.

"O problema é que nós somos obsessivos, não é?", disse ele. "Nós simplesmente não deixamos uma ideia em paz — precisamos continuar insistindo nela até a termos desenterrado com raiz e tudo. Reparei que muitos escritores não se cuidam fisicamente", continuou ele, "e devo dizer que me parece haver nisso um certo fator de esnobismo. Eles temem que, se fossem pegos fazendo exercícios e prestando atenção no que comem, as pessoas os considerariam menores como intelectuais. Prefiro o modelo Hemingway", disse ele, "embora sem as armas e a autodestruição, claro. Mas o perfeccionismo físico... por que não, afinal? Por que tratar o corpo como se ele não passasse de uma sacola de compras para o cérebro? E principalmente com toda a publicidade que nós agora precisamos fazer — olhando para alguns se poderia pensar que nunca viram a luz do dia. Eles podem agir assim porque são um bando de gênios, mas, como eu falei, é meio um esnobismo. Pessoalmente me desagrada quando um escritor parece um mendigo — eu penso: por que eu deveria confiar na sua visão de mundo se você não consegue nem cuidar de si mesmo? Se você fosse piloto eu não embarcaria — não confiaria em você para me levar até o fim da viagem."

Sua transformação tinha começado uns dois anos antes, disse ele, quando a mulher lhe dera um smartwatch de Natal. O relógio media seu ritmo cardíaco, sua pulsação e as distâncias que você percorria. Tinha todas as características de um presente qualquer, algo que ela havia simplesmente escolhido ao acaso, mas não é verdade, disse ele, que o objeto aleatório muitas vezes é a ferramenta necessária para afastá-lo dos maus hábitos?

"Mesmo assim, vou ser sincero", disse ele, "no começo fiquei decepcionado. Quero dizer, eu não era exatamente um sedentário — frequentava a academia e comia aproximadamente minhas cinco porções de frutas e legumes por dia, e pensava: será que estou deixando passar alguma coisa? Será que isso é um daqueles casos em que você começa a trocar presentes sem significado porque não se dá mais ao trabalho de descobrir o que o outro quer? É claro", disse ele, "que desde então evoluí para algo bem mais sofisticado. Este daqui", falou, puxando a manga para cima e estendendo o pulso para me mostrar, "não diz só o que você fez — ele diz o que ainda falta você fazer. A qualquer momento do dia", disse ele, "pode dizer as consequências dos seus atos em termos de futuro. O outro era basicamente só um aparelho de gravação; você mesmo precisava interpretar os dados, e o perigo nesse caso", disse ele, "é que as coisas podem parecer muito subjetivas."

Mas, como ele tinha dito, aquilo fora um pontapé inicial, e se a sua mulher acabara se surpreendendo com o resultado era porque não tinha levado em conta a sua tendência de dar continuidade a algo que outra pessoa começou. Era incrível, disse ele, pensar que a maioria das pessoas cuidava do carro melhor do que cuidava do corpo, mas na verdade o organismo humano não tinha mais mistérios do que um motor comum. Era praticamente pura matemática, e com os números agora à sua disposição ele rapidamente chegou a uma conclusão avassaladora: enquanto, até aquele momento, ele se acreditava movido pelo desejo — força que havia administrado com graus variados de sucesso ao longo dos anos, mas nunca dominado —, começou a entender que na verdade a força motriz era a necessidade; e a necessidade era possível não apenas controlar, mas subjugar de forma vitoriosa. As pessoas podiam querer um número infinito de coisas, mas do que nós de fato precisávamos? De muito menos do que pensávamos — com o conhecimento correto, aquele motor podia funcionar de modo tão limpo e econômico que praticamente não deixava rastro. Para quem buscava vantagens, essa informação tinha um valor incalculável: ela representava toda uma outra esfera de controle, na qual era possível se tornar virtualmente invisível e, portanto, invulnerável. Perguntar a si mesmo o que você queria, por sua vez, era afundar no atoleiro, onde toda e qualquer pessoa podia vê-lo.

"Isto aqui", ele bateu no pulso com os dedos, "me diz não apenas do que eu preciso, mas o que fiz por merecer, o que poderia ter caso assim decidisse. É uma baita diferença", disse ele.

Ele começou a consumir apenas metade daquilo que o aparelho lhe dizia ter feito por merecer e maravilhava-se diante do poder que sentia ao deixar a outra metade intocada, como se os números na verdade fossem dinheiro no banco; ele estava aumentando seu capital mental, além de correr três ou quatro vezes por semana e nadar em dias alternados, fazendo assim por merecer mais ainda. Quis começar a pedalar também, mas na época não podia bancar todo o equipamento metido a besta, até se dar conta de que o equipamento metido a besta tornava o pedalar mais fácil, portanto menos rentável, e que seria melhor pedalar morro acima com sua velha bicicleta enferrujada de dez toneladas e três marchas. Não sabia se eu já tinha tentado correr, disse ele, mas na verdade era bastante meditativo; agora estava na moda escrever sobre isso e, se conseguisse encontrar tempo, ele daria uma chance a esse formato. Quanto a comer, ele ultimamente podia ou não fazê-lo. Às vezes, ao ver as pessoas comerem, pensava no quanto elas eram vulneráveis; lembrava-se de si mesmo mordendo e mastigando ao longo dos anos e parecia-lhe que ao comer ele estava tentando se manter seguro, quando na verdade estava se expondo. Era como se, ao comer, esperasse se vincular ao mundo, apagar a fronteira entre dentro e fora. Quando pensava em todas as porcarias que tinha ingerido, perguntava-se como pudera agredir a si mesmo dessa forma.

Logo perdeu muito peso, claro, mas o que realmente fez diferença foi a vantagem mental, e, com sua carreira indo na direção em que estava, ele agradeceu a Deus por enfim ter visto a luz. Seu livro havia passado seis meses no primeiro lugar da lista dos mais vendidos do *New York Times*; eu sem dúvida tinha ouvido falar do livro, embora, a menos que tivesse acesso às fofocas do mercado, jamais adivinharia que tivesse alguma coisa a ver com ele, já que fora escrito sob pseudônimo. Ele tinha arrumado uma parceira de escrita, uma ex-aluna, por acaso, e os dois tinham criado um anagrama com seus nomes, embora obviamente, disse ele, como o líder era ele, por assim dizer, fazia sentido seu autor fictício ser do sexo masculino. No início aquilo o havia incomodado, reconheceu ele, o fato de o sucesso, quando finalmente surgiu, vir sob um nome falso; parte dele teria gostado de esfregar o sucesso na cara de todos que duvidavam dele em Tralee. Mesmo assim, o pseudônimo tinha algumas das vantagens da engenhoca nietzschiana em seu pulso: tornava uma parte dele — a parte que sempre parecia fadada a repetir determinados padrões — invisível. Ali estava ele, bebendo suco verde na primeira classe num avião para LA, indo encontrar as pessoas que tinham adquirido os direitos cinematográficos, irreconhecível sob todos os aspectos. A pessoa que ele sempre tinha sido — o Ryan de antigamente — parecia cada vez mais um amigo de infância, alguém de quem ele gostava mas que tinha deixado para trás, alguém sobre quem ele um dia poderia dizer que vivia numa prisão criada por ele mesmo.

Sara — sua parceira de escrita — gostava que fosse ele quem viajava, pois tinha que cuidar dos filhos em Galway; além do mais, se estávamos falando sobre escritores desleixados, ela era um exemplo clássico. Certa vez aparecera numa reunião com o agente de ambos calçando chinelos velhos, embora, se houvesse alguma coisa que ela não soubesse sobre a Veneza quatrocentista — onde o livro era ambientado —, era algo que não valeria a pena saber. O livro era originalmente sua tese de doutorado, e no papel de supervisor Ryan se pegara lhe dando todos os valiosos conselhos comerciais que ele próprio jamais conseguira seguir, de modo que o fato de ser coproprietário do projeto parecia justo, afinal. Era uma espécie de casamento, falou, e os livros — eles estavam trabalhando em outro agora — eram sua prole. O casamento continua sendo o melhor modelo para se viver, disse ele, ou pelo menos ninguém conseguiu propor algum melhor, então por que não daria certo para escrever? E embora a prole desse trabalho, pelo menos ela se pagava. A esposa não se importava nem um pouco — na verdade, fora ela quem sugerira aquilo —, e como acabara de comprar um Range Rover novinho em folha com os lucros ele não achava que ela estivesse levando isso tão mal assim também.

Perguntei se ele ainda dava aulas e ele reagiu com uma careta que fez a pele frouxa de seu rosto se destacar em estranhas dobras, antes de organizar seus traços numa expressão de leve nostalgia.

"Por mais que eu quisesse", falou, "simplesmente não tenho mais tempo. É claro que sinto falta do contato com os alunos — nós temos a sensação de estar retribuindo alguma coisa, não é? Mas, para ser sincero, no final comecei a sentir que estava vendendo uma espécie de falsificação, porque você fica lá, incentivando-os a pensar que podem escrever um best-seller e resolver todos os seus problemas, quando na verdade a maioria simplesmente não tem talento para isso. E eles tiram tanto de você — para ser sincero eu estava louco para sair, mas na verdade", acrescentou, em tom confidencial, "eles me chutaram logo antes de as coisas começarem a decolar. Passei um tempo na pior, com mulher e três filhos para sustentar. É claro", falou, "que isso não é algo que eu queira ver alardeado por aí. Mas sabe", disse ele, "de certo modo eles me fizeram um favor, porque não tenho certeza se teria feito o que fiz caso não estivesse naquela situação. Sabe como é", falou. "Você ganha apenas o suficiente para pagar as contas, mas no final de tudo não sobra nada mentalmente, então você se agarra ao emprego com mais força ainda. O livro mudou tudo isso, claro", disse ele. "Fui procurado por universidades nos Estados Unidos — estou com algumas boas ofertas na mesa, mas realmente precisaria pensar um pouco."

E a vida não era de forma alguma um mar de rosas — nunca é. Seu filho mais novo recebera um diagnóstico de autismo no ano anterior, o que na verdade tinha sido um alívio, poder dar um nome à coisa. A mulher teve a brilhante ideia de fundar uma instituição de caridade para ajudar outras famílias com filhos autistas e chegara a apresentar ao parlamento irlandês a questão sobre o preparo das escolas para necessidades educacionais especiais. Ele tinha organizado uma pequena antologia para angariar dinheiro para ela, pedindo aos autores para contribuírem com contos gratuitos. A resposta que conseguira fora incrível — havia alguns nomes bem importantes nessa antologia, e eram todos trabalhos originais, de modo que houvera um leilão estarrecedor para vender os direitos antecipados de publicação.

"Infelizmente", disse ele, "a lógica econômica da coisa toda significava que nós não podíamos pedir contribuições para pessoas como você, já que o objetivo era justamente ganhar dinheiro e, como eu disse, precisávamos dos grandes nomes para isso."

Ele me olhou com uma expressão de tristeza, quase de pena, que me lembrou um palhaço. Ficava feliz por eu estar bem, falou. Era bom me ver ali no circuito — pelo menos eu estava me mantendo no jogo. Ele precisava circular um pouco, já que era meio que o convidado de honra daquela noite; havia várias pessoas esperando para conhecê-lo.

Vasculhou o recinto com seus olhos estreitos, então virou-se de volta para mim e levantou a bengala numa despedida. Perguntei o que tinha acontecido com a sua perna, e ele parou, baixou os olhos para ela, então tornou a erguê-los para mim com uma expressão incrédula.

"Você não vai acreditar", falou. "Eu devo ter corrido centenas de quilômetros no último ano, e fui torcer o tornozelo saltando de um táxi."

A conferência estava acontecendo num subúrbio junto ao mar, cujas docas eram tão vastas que a água azul brilhante se escondia atrás de quilômetros e mais quilômetros de armazéns, silos e gigantescas pilhas de contêineres marítimos. Imensos guindastes carregavam ou descarregavam os retângulos coloridos um por um do convés deserto de imensos porta-contêineres que aguardavam em meio à vastidão de concreto do cais.

O hotel era uma construção cinza cercada por outros prédios de apartamentos mais altos, cujas janelas permaneciam todas fechadas noite e dia por persianas de metal. Bem em frente ao hotel ficava um estacionamento. Vários mastros de bandeira se erguiam numa linha do asfalto e suas cordas produziam com o vento um ruído cantante que lembrava o cordame de um navio. Do lado direito, um paredão de grama seca subia até um muro com algumas árvores grandes atrás — cedros e eucaliptos. Elas formavam uma avenida mal conservada que margeava o que parecia um velho acesso de carros feito com uma terra branca batida que seguia em curva até chegar a dois portões enferrujados intrincadamente forjados em ferro, depois continuavam e iam desaparecer no meio das árvores na encosta do morro ao pé da qual se podia com esforço ver uma nesga de mar cintilante. Os portões estavam trancados e a terra à sua volta, tão intocada que sugeria que eles não eram abertos havia muito tempo.

A conferência acontecia naquele mesmo hotel ano após ano, disse-me um dos participantes, apesar de ele ser feio e também fora de mão, já que ficava muito distante do centro e tinha acesso limitado por meios de transporte público. Supunha que os organizadores tivessem um acordo com o gerente. No horário das refeições, os participantes precisavam ser embarcados num ônibus e levados pelos subúrbios monótonos e mal cuidados num trajeto de vinte minutos até um restaurante, onde ele supunha que os organizadores tivessem outro acordo. O restaurante, acrescentou, era na verdade muito bom, uma vez que naquele país comer era um esporte nacional, mas o problema era que o acordo — fosse ele qual fosse — envolvia um menu fixo, de modo que você se via cercado por gente se banqueteando com um sem-fim de iguarias enquanto não tinha escolha alguma sobre o que ia comer. Mais de uma vez ele tinha visto organizadores conduzirem orgulhosamente um grupo de participantes até o lado de fora — onde chefs preparavam peixe fresco e grandes espetos de lulas e camarões sobre imensas churrasqueiras — para fotografar a cena, antes de serem reconduzidos até lá dentro para se verem diante da mesma parca seleção de sopas e frios que tinham lhes servido na véspera. O hotel só servia chá e café, mas em algum lugar escondido dentro ou nos arredores daquela caixa de sapatos de concreto, disse ele, havia um *chef pâtissier* de raro talento, e ele me incentivou a provar um dos pequenos doces que em geral circulavam junto com as bebidas quentes nos intervalos entre as sessões. Esses doces eram um elemento frequente da culinária nacional, disse ele, e podiam ser comprados nos supermercados numa versão massificada, mas desde a sua infância ele não provava um exemplar que se comparasse ao que era servido ali. As cópias eram tão onipresentes que ele tinha quase esquecido a existência do original e quase lhe doía regressar à cor, à textura e ao sabor daquela autenticidade perdida, que não era, tinha quase certeza, obra de uma equipe profissional, e sim de alguém que trabalhava por assim dizer sozinho. Nunca, porém, em todos os anos passados indo ali, ele tinha visto essa pessoa, nem sequer feito qualquer esforço para perguntar sobre ele ou ela; simplesmente sabia, ao morder um dos doces frescos e deliciosos, que eles eram inconfundivelmente obra do mesmo indivíduo. Um participante inglês que estivera ali certa vez alegara ter tido a mesma epifania com um doce nacional — que se chamava bolo Eccles, acreditava ele —, e os comentários desse homem tinham-no feito pensar se naquele caso algo da mãe perdida não estaria sendo buscado, pois para ele era apenas uma questão de arte. Dizia-se que a receita original do doce tinha sido inventada por freiras que usavam tamanha quantidade de claras de ovo para engomar seus hábitos que precisaram pensar em algo para fazer com todas as gemas. Bem verdade que um convento não seria o primeiro lugar para se buscar o maternal; e ele chegara até a se perguntar se aquele doce das freiras, no qual os cidadãos do seu país — principalmente os homens — eram praticamente viciados, simbolizava algo da atitude do país em relação às mulheres. Quando pensava naqueles hábitos, tão rígidos, brancos e puros, ocorria-lhe que eram as vestimentas da assexualidade e de uma vida sem homens. O pequeno doce, que mantinha a boca faminta do homem distraída e ocupada, talvez não fosse nada além da feminilidade destituída daquelas mulheres, destacada e entregue de bandeja, por assim dizer; um método para manter o mundo afastado e também um indício, ele gostava de pensar, da felicidade desse estado, pois ele não achava que alguma coisa criada em meio ao sofrimento e à abnegação pudesse ter um sabor tão delicioso assim.

O hotel tinha um corredor central comprido em cada piso, com uma fileira de quartos de cada lado. Os pisos eram todos idênticos, com carpete marrom e parede bege, e os quartos se sucediam nos corredores exatamente na mesma sequência. Dois grandes elevadores de aço inox subiam e desciam vagarosamente, as portas se abrindo e se fechando seguidamente no lobby da recepção, onde as pessoas ficavam sentadas em sofás vermelhos lisos parecendo hipnotizadas pelo espetáculo da repetição incessante de uma dupla de portas se fechando diante de um grupo enquanto outra dupla liberava um novo grupo. Às vezes, nos corredores dos pisos superiores, as portas dos quartos ficavam abertas enquanto eles estavam sendo arrumados e dava para ver que eram todos iguais, com o mesmo carpete marrom, os mesmos móveis lustrosos de madeira laminada e a mesma vista dos prédios de apartamentos em volta com suas persianas fechadas. Nas ocasiões em que algum hóspede era visto entrando no quarto usando o cartão de plástico do hotel, porém, algo em seu comportamento sugeria que ele acreditava inconscientemente que o seu quarto era reconhecível e distinto. As arrumadeiras usavam aventais brancos e trabalhavam a qualquer hora do dia, movendo-se constantemente pelos corredores, subindo e descendo andares e tornando a voltar. Levavam consigo grandes pacotes de roupa de cama branca engomada embrulhados em plástico, que deixavam empilhados nos corredores do lado de fora enquanto trabalhavam dentro dos quartos, fazendo os corredores se parecerem às vezes com uma paisagem deserta onde houvesse acabado de nevar.

Lá embaixo, na área da recepção, havia uma grande tela de televisão cercada por sofás, onde grupos de homens frequentemente ficavam sentados ou em pé assistindo a alguns minutos de futebol ou de corrida de Fórmula 1. Quando começava o noticiário os homens em geral iam embora, de modo que o apresentador se dirigia enfaticamente a um espaço vazio. Bem do outro lado das grandes janelas de vidro temperado ficava a área de fumantes, onde mais grupos de homens e às vezes uma ou outra mulher ficavam em pé, espelhando o grupo em volta da televisão lá dentro. Esses dois espaços eram também onde os participantes costumavam se reunir antes de algum evento ou para pegar o ônibus até o restaurante, e nessas horas a presença dos grandes painéis de vidro entre um e outro grupo — que podiam ver, mas não ouvir um ao outro — parecia significar algo em relação à artificialidade da nossa situação. Um pouco mais adiante havia um banco que ficava virado de costas para o hotel, de frente para os carros estacionados, e que parecia ter sido eleito como um lugar de solidão, apesar de ficar logo do outro lado das janelas e poder ser visto claramente pelo lado de dentro. As pessoas nos sofás não ficavam a mais de trinta centímetros de distância da pessoa sentada no banco, cuja parte de trás da cabeça podiam ver em detalhes. Mesmo assim, quando alguém se sentava naquele banco, entendia-se que desejava ficar a sós ou ser abordado apenas por uma pessoa de cada vez e com cautela, e depois disso poderia ocorrer uma conversa bem mais discreta e longa do que aquelas que envolviam o grupo em geral. Era lá também que as pessoas muitas vezes se sentavam para telefonar e falavam outras línguas, diferentes do inglês que em geral dominava as conversas.

Os organizadores usavam camisetas com o logo da conferência estampado e eram na sua maioria muito jovens. Transmitiam uma impressão de atenção e ansiedade constantes, já que era responsabilidade deles garantir que todos comparecessem a seus eventos ou pegassem o ônibus, e muitas vezes podiam ser vistos entretidos em confabulações sombrias, relanceando os olhos com frequência pelo lobby do hotel enquanto falavam. Caso algum participante estivesse ausente, havia buscas frenéticas e longas narrativas sobre onde ele ou ela fora visto pela última vez. Muitas vezes um dos organizadores subia de elevador para procurar nos andares de cima e nesse momento não era raro as portas do outro elevador se abrirem para revelar o participante sumido. Um dos outros escritores presentes, um romancista galês, era motivo de ansiedade devido ao costume de sair a pé pelo labirinto sem graça dos subúrbios do entorno e retornar com histórias de igrejas e outros pontos de interesse distantes que tinha visitado. Ele usava botas de caminhada e sempre levava consigo uma pequena mochila, como para lembrar aos organizadores que era tênue o controle que tinham sobre ele, e de fato ele muitas vezes deixara de se apresentar para pegar o ônibus no horário das refeições apenas para aparecer no restaurante levemente afogueado e ofegante, mas ainda assim pontual, chegando a pé de algum outro lugar. Esse mesmo homem se esforçava muito para travar amizade com outros integrantes da conferência — tanto organizadores quanto participantes —, anotando num caderninho de couro vincado detalhes de coisas que eles diziam ou lugares de que falavam e voltando a eles com frequência para verificar se havia anotado corretamente o nome de alguma cidade, livro ou restaurante. Ele me disse que sempre tomava notas assim nas suas viagens e que as digitava e arquivava por nome e data ao chegar em casa, de modo que bastava abrir o arquivo, digamos, da sua ida à feira do livro de Frankfurt três anos antes para todos os detalhes relacionados a ela ficarem disponíveis. Tinha adquirido esse hábito, que praticamente o poupava da necessidade de recordar o que quer que fosse, não por ter tendência a ser esquecido, mas porque a sua capacidade para reter informações, por mais inúteis ou triviais que fossem, o teria mantido de outro modo num estado de constante distração. Obviamente aquela tática de conversação que consistia em fazer perguntas aos outros — que ele parecia adotar por timidez, embora não dissesse isso — lhe permitia receber uma quantidade fora do normal de informações desse tipo, mas quando lhe faziam alguma pergunta sobre ele, tornava-se evasivo e vago e não se mostrava disposto a fornecer mais do que detalhes genéricos sobre a sua situação. Dizia ter comparecido a todos os eventos da conferência, mesmo aqueles conduzidos em idiomas que não compreendia; sentia que, caso contrário, os organizadores teriam ficado decepcionados.

Reparei que, embora o romancista galês conversasse longamente com todo mundo que tivesse com ele um vínculo ínfimo ou tangencial — inclusive o motorista do ônibus e os funcionários do hotel —, ele tendia a evitar aqueles que poderia ter considerado seus iguais, escritores conhecidos do seu próprio país ou de outros. Havia muitas pessoas assim na conferência, algumas das quais eu já havia encontrado antes, e entre elas uma que me abordou no segundo dia para me lembrar que certa vez tínhamos ambas participado de uma mesa de debate só de mulheres em Amsterdã, na qual se tinha pedido às palestrantes — pensadoras e intelectuais renomadas — para falarem sobre seus sonhos. Eu me lembrava dela nessa ocasião como tímida e cansada, com um certo ar de indignação, mas ali em pé no lobby do hotel ela emanava tranquilidade e vigor, como se tivesse passado os anos desde o nosso último encontro adquirindo energia em vez de gastando, e ela me lembrou seu nome — que era Sophia — do modo direto e pragmático de alguém que não teme, mas aceita a probabilidade de coisas desse tipo serem esquecidas. Não consigo imaginar, disse ela então com um sorriso gracioso, alguém pedindo para uma mesa de intelectuais homens falarem sobre os seus sonhos, e suponho que a moderadora esperasse provocar nossa chamada honestidade; como se o relacionamento de uma mulher com a verdade fosse no melhor dos casos inconsciente, disse ela, quando o fato talvez seja apenas que a verdade feminina — se é que se pode afirmar que tal coisa exista — é tão interna e resguardada que não é possível estabelecer uma versão comum dela. É triste pensar, disse ela, que quando um grupo de mulheres se reúne, longe de promover a causa da feminilidade, acaba por transformá-la numa patologia.

Ela havia publicado diversos romances desde a nossa noite em Amsterdã, contou-me, e também um livro sobre o cânone literário ocidental, do qual vários homens deveriam ser retirados, ela defendera, e várias mulheres, incluídas. Esse livro tinha sido bem recebido no exterior, falou, mas ali no seu país natal fora praticamente ignorado. Ela estava participando daquela conferência não por causa de suas credenciais de escritora feminista, mas por causa do seu trabalho de tradutora, por meio do qual havia permitido a vários escritores daquele país — quase todos homens — terem um reconhecimento internacional maior do que ela própria. Ou quem sabe, disse ela com uma risada aguda que soou como um sino, eu só esteja aqui porque esta é a minha cidade natal. Eles precisam trazer todos os outros de avião de vários lugares do mundo, falou, mas a mim é barato convidar porque eu só preciso subir a rua.

Perguntei-me se o fato de ela estar em casa seria a explicação para sua aparência alterada, como se ela brilhasse mais intensamente no seu ambiente natural. Estava usando um vestido justo e decotado num tom de turquesa chamativo, com um cinto largo apertado para realçar a cintura esbelta e um par de botas de salto combinando. Era muito pequena e delicada, com a pele pálida, cabelos finos, macios e castanho-claros e uma boca grande e expressiva, e mantinha a cabeça bem erguida, como uma criança na ponta dos pés se esforçando para ver por cima dos adultos. Em volta do pescoço e do pulso usava várias peças de joalheria e seu rosto estava maquiado com esmero, sobretudo em volta dos olhos, que ela havia contornado de modo acentuado até fazê-los parecer continuamente espantados, como se estivessem observando coisas cujo caráter intenso e extremo somente ela pudesse ver. Depois de um tempo, pude reconhecer por trás desse disfarce a mulher tímida da qual me lembrava e entendi que a sua roupa era algo pensado para impedir que ela fosse esquecida ou ignorada, e no entanto tinha também o efeito de fazer sua feminilidade parecer uma espécie de pergunta que os outros precisavam responder ou um problema que se esperava que resolvessem.

Para ser bem sincera, disse ela, indicando com um gesto o outro lado das portas de vidro, aquele não era o lugar mais emocionante para se morar, mas depois do divórcio ela havia reconhecido que seria melhor para ela e para o filho ficar perto dos seus pais, então eles tinham deixado a capital, embora ela esperasse voltar para lá um dia, falou, depois que a poeira tivesse baixado.

"Minha mãe é muito boa conosco", disse ela, "apesar de eu ser a primeira pessoa da minha família a me divorciar e de isso ser um estigma para ela, que ela não consegue me permitir esquecer. Olha para o meu filho quando sabe que a estou observando e leva a mão à boca como se algum objeto de valor incalculável tivesse acabado de cair no chão e se espatifado em mil pedaços bem diante dos seus olhos. Ela o trata como se ele tivesse alguma doença terrível", disse ela, "e talvez ele tenha mesmo, mas nesse caso cabe a ele sobreviver à doença, mesmo que os outros demonstrem empatia."

O menino de fato tinha quebrado a perna pouco tempo antes jogando futebol, continuou ela, e a lesão tinha evoluído misteriosamente para uma infecção viral cujas causa e cura os médicos pareciam não conseguir encontrar. Havia passado um mês internado e dois de cama depois disso, e essa experiência tinha provocado uma mudança profunda em seu temperamento, disse ela, porque ele sempre tinha sido muito ativo fisicamente e obcecado pelo esporte, de cujas regras e recompensas parecia derivar seu éthos de vida. Como testemunha do divórcio dos pais, por exemplo, ele vivia tentando entender de que lado deveria ficar e quem tinha perdido ou ganhado em cada uma das muitas batalhas que se desenrolavam diante dos seus olhos. É claro que era natural ele tomar o partido do pai, com cujos valores masculinos se identificava e com quem, além do mais, praticava muitas das atividades que lhe davam prazer; e o pai não tinha se acanhado em explorar essa lealdade em qualquer oportunidade que se apresentasse, com isso inculcando no filho o início de uma identidade tribal muito maior a partir da qual, ela podia ver, toda a vida e o caráter do menino seriam moldados. Era uma tribo à qual pertenciam quase todos os homens daquele país e que se definia por uma combinação de medo e total dependência das mulheres; assim, apesar de todos os seus esforços, era apenas uma questão de tempo, ela sabia, para as perguntas do filho sobre o certo e o errado encontrarem respostas no conservadorismo rasteiro do qual estava cercado e ao qual tudo o incentivava a se curvar. Mesmo assim, toda vez que ele reclamava que o pai tinha dito uma coisa e ela outra, ela se recusava a emitir uma opinião sobre qual dos dois estava certo, como ele lhe implorava para fazer. Decida você mesmo, dizia ela; use sua cabeça. Ele muitas vezes ficava incomodado com a resposta dela e essa era a prova de que o seu ex-marido estava lhe fazendo os relatos mais parciais possíveis sobre a situação dos dois, pois o menino simplesmente não conseguia lidar com o fato de não haver um partido para ele tomar; em outras palavras, quando não havia ponto de vista. Mas o esforço de usar a própria cabeça era muito menos atraente do que a perspectiva fácil de acreditar nas histórias do pai; isto é, até ele ficar fisicamente imobilizado por um período de três meses.

Na cama, ele havia adentrado o que no início parecera ser uma depressão, tornando-se calado e desanimado e precisando se esforçar para demonstrar interesse pelo que quer que fosse, e a isso seguiu-se um período de raiva e frustração que, embora diferente, foi igualmente ruim. Incapacitado como estava, e subtraído do campo da ação, os fatos da sua vida se tornaram para ele bem mais claros. Um desses fatos era que o pai raramente telefonava para ele ou ia visitá-lo; outro era que a mãe nunca estava muito longe da sua cabeceira. Certo dia de manhã, disse ela, entrei no quarto dele com o café da manhã numa bandeja. Estava acordada trabalhando desde as seis horas porque tinha um texto para entregar mais tarde nesse dia e ainda não havia tomado banho nem penteado os cabelos. Estava de óculos, com minhas roupas mais velhas e sem maquiagem nenhuma, e ele ergueu os olhos para mim da cama e me disse, mãe, como você está feia. E eu falei pois é, é assim que eu sou às vezes. Em outras uso maquiagem e roupas legais e fico bonita, mas também é assim que eu sou. Eu nem sempre agrado você, falei, mas sou tão real deste jeito quanto do outro.

Ela fez uma pausa e virou os olhos para olhar pelas janelas em direção ao estacionamento, onde os outros participantes podiam ser vistos se reunindo para pegar o ônibus. O vento batia de lado nos cabelos deles e lhes achatava as roupas contra o corpo.

Quando ele saiu da cama, retomou ela pouco depois, era uma pessoa mais calada e mais pensativa e chegou até a aceitar bem a notícia de que não poderia praticar nenhum esporte por pelo menos mais um ano. De certa forma sou grata pela sua doença, disse ela, embora na época isso tenha me parecido a gota d'água e como se a minha má sorte não tivesse fim. Parecia muito injusto, disse ela, que enquanto o pai dele estivesse passeando por aí no seu carro esportivo e visitando a namorada na casa de praia dela no litoral eu estivesse presa num apartamento minúsculo na minha cidade natal com um filho doente e minha mãe ligando cinco vezes por dia para me dizer que era tudo culpa minha por dizer o que eu pensava e continuar trabalhando depois de me casar. Neste país, disse ela, o único poder que as mulheres reconhecem é o poder do escravo e a única justiça que elas compreendem é a justiça fatalista do escravo. Pelo menos ela ama o meu filho, disse ela, embora eu tenha reparado que as pessoas que mais amam as crianças na maior parte das vezes são as que menos as respeitam.

Um homem alto, corpulento e de ar sombrio tinha adentrado o lobby e estava parado não muito longe de nós olhando entretido para o celular. Com seus fartos cabelos pretos encaracolados, sua barba preta e seu rosto imóvel grande e flácido, parecia uma daquelas gigantescas estátuas todas esburacadas da antiguidade romana. Quando Sophia notou sua presença, seu rosto se iluminou e ela se adiantou para tocar seu braço, diante do que ele ergueu os olhos da tela devagar, com uma falta de vontade evidente, enquanto seus olhos grandes e levemente infelizes processavam a natureza da interrupção. Sophia se dirigiu a ele num trinado veloz na sua língua materna e ele respondeu de modo lento e sonoro, mantendo-se quase imóvel ao mesmo tempo que ela se tornava muito animada, mudando constantemente de postura e gesticulando e agitando as mãos enquanto falava. Ele era bem mais alto do que ela e mantinha a cabeça muito ereta, de modo que ao olhar para ela parecia estar com os olhos semicerrados, o que dava a impressão de que estava ou entediado ou fascinado pela conversa. Depois de um tempo ela se virou para mim e, pondo a mão no braço dele outra vez, apresentou o homem como Luís. Ele é nosso romancista mais importante da atualidade, acrescentou, enquanto a cabeça dele se levantava mais ainda e seus olhos ameaçavam se fechar por completo. Este ano ele ganhou todos os nossos cinco principais prêmios literários com seu livro mais recente. Foi uma sensação, disse ela, porque Luís escreve sobre temas em que os nossos outros escritores homens não se dignariam a tocar.

Fiquei surpresa ao ouvir essa avaliação de Luís depois dos comentários anteriores de Sophia sobre escritores homens e sua tendência a lhes fazer sombra e perguntei que temas eram aqueles.

A domesticidade, respondeu Sophia, muito animada, e a vida normal dos subúrbios, os homens e as mulheres normais que vivem lá. Eram coisas, reiterou ela, que a maioria dos escritores consideraria abaixo do seu nível, preferindo se dedicar a temas fantásticos ou dignos de nota e se agrupar ao redor de temas de importância pública na esperança, ela não duvidava, de ao fazer isso aumentar a própria importância. Mas Luís havia derrotado todos eles com sua simplicidade, sua honestidade e sua reverência pela realidade.

Eu escrevo sobre o que sei, falou Luís, dando de ombros e olhando por cima de nossas cabeças para algo ao longe.

Ele está sendo modesto, disse Sophia com sua risada semelhante a um sino, pois teme trair o mundo sobre o qual escreve caso se torne arrogante. Entretanto, na verdade ele deu a esse mundo uma dignidade nova, única na nossa cultura, onde as divisões entre ricos e pobres, entre jovens e velhos e acima de tudo entre homens e mulheres pareciam intransponíveis. Nós vivemos com uma crença quase supersticiosa nas nossas próprias diferenças, disse ela, e Luís mostrou que essas diferenças não são resultado de algum mistério divino, mas apenas consequência da nossa falta de empatia, que se tivéssemos nos permitiria ver que na verdade somos todos iguais. É pela sua empatia, disse ela, que Luís foi tão aclamado, então acredito que ele devesse parabenizar a si mesmo, não sentir vergonha por ser elogiado.

Luís exibia um ar muito infeliz enquanto tudo isso era dito e sua reação foi um silêncio profundo que perdurou até os organizadores nos chamarem para o ônibus que havia encostado lá fora. Percorremos ruas largas e vazias cujas superfícies pálidas de concreto estavam fissuradas, rachadas e repletas de ervas daninhas, circum-navegando a paisagem estranha e despovoada das extensas docas, cujos formatos de bloco impenetráveis se estendiam até onde a vista alcançava, e em seguida tornando a adentrar o longo e desenxabido labirinto de ruas suburbanas do outro lado. O dia estava cinza e ventoso sob um céu baixo, fazendo com que a dimensão humana parecesse desgastada e oprimida nos lugares em que surgia; os toldos de restaurantes e lojas batiam, lixo se espalhava pelas calçadas, a brisa arrancava pedaços de fumaça de braseiros ao ar livre e os fazia subir pelo ar, grupos esparsos de pedestres agarravam-se a bolsas e casacos e avançavam com a cabeça baixa. Quando chegamos à rua em que ficava o restaurante, ela estava interditada: tinha sido inteiramente escavada desde o dia anterior e era agora uma trincheira cercada por uma fita de interdição que estalava e tremulava ao vento. O ônibus manobrou para passar por uma rua lateral e em seguida realizou uma demorada série de curvas lentas enquanto os passageiros debatiam aquele novo desdobramento, acabando por descartá-lo, balançando a cabeça e dando de ombros com resignação. Por fim, o ônibus encontrou um lugar a alguma distância do restaurante para nos deixar e as pessoas começaram a andar sozinhas ou em grupo de volta até onde estivéramos antes. Passamos por um terreno de concreto cercado por edifícios decrépitos e grafitados, onde loureiros liberavam suas flores vermelhas pontiagudas. Uma estranha música era trazida em ondas pelo vento de algum lugar ali perto: era o som de alguém tocando uma gaita ou uma flauta, e pouco depois viu-se um menino de pé, parcialmente escondido pelos arbustos junto às ruínas de um muro pichado, com o instrumento erguido junto à boca.

Era típico, disse o homem ao meu lado enquanto atravessávamos ruidosamente a passarela improvisada que fora erguida por cima da antiga rua, aquelas obras surgirem sem aviso e aparentemente por magia, quando os organizadores poderiam ter escolhido qualquer um de vários restaurantes do bairro para irmos três vezes ao dia, e seria preciso ter um raciocínio lento, disse ele, para atribuir essa falta de praticidade a uma ausência de informação, pois era bem possível que os organizadores soubessem daquilo desde o início mas não estivessem dispostos a mudar seus planos. Seria fácil acreditar, disse ele, que as pessoas deste país são acometidas por sensações de impotência, mas seria igualmente possível chamar isso de teimosia, porque elas se recusavam a mudar mesmo quando a mudança era uma possibilidade. Ele próprio trabalhava para o jornal mais importante do país e tivera oportunidades frequentes de testemunhar aquele fenômeno em primeira mão: num dia era mandado para cobrir uma crise política ou tragédia humana importante e no dia seguinte tinha de noticiar a suposta aparição da Virgem Maria numa pedra em algum lugar da zona rural, e esperava-se que tratasse esses dois acontecimentos com a mesma seriedade. Assim como poderia haver uma explicação para o surgimento da obra, disse ele, deveria haver uma para a aparição da dama de azul; não se pode ter uma sem a outra, disse ele, então as pessoas aceitam o mistério das obras como uma forma de evitar precisarem fazer a si mesmas as perguntas mais importantes.

A essa altura já tínhamos entrado no restaurante e eu havia me sentado diante da mesa comprida reservada aos participantes, que se estendia por um lado inteiro do salão. O outro lado estava sempre lotado e o barulho e as risadas que vinham de lá contrastavam com o constrangimento da mesa comprida e com a fixidez de seus lugares marcados aos quais os participantes se mostravam cada vez mais relutantes a se ater, sabendo que a sua sorte estaria assim lançada para o restante da refeição, e contra os quais tinham começado a fazer pactos, antes de cruzar a soleira, sobre quem sentaria onde. A poucos metros de distância, do outro lado do salão, pessoas se reuniam em grupos ruidosos e efusivos, entretidas em refeições que pareciam não ter começo nem fim e às quais os garçons, que serpenteavam entre os clientes com pratos carregados em bandejas prateadas acima das cabeças, não paravam de acrescentar novos capítulos.

O homem ao meu lado desdobrou seu grosso guardanapo branco com um floreio e o enfiou na gola da camisa. Tinha sessenta e poucos anos, uma cabeça calva de cor castanha e uma expressão de humor cínico nos pequenos olhos redondos. Ele lera o meu livro, falou, e me entrevistaria para o seu jornal, mas ao pensar no que poderia me dizer uma nova ideia tinha lhe ocorrido, a saber, me tratar como um dos meus próprios personagens e atribuir a si próprio o poder do narrador. Esse não era o tipo de abordagem que ele em geral adotava em entrevistas literárias, que havia realizado em quantidade quiçá excessiva, considerando todos os outros assuntos que precisava cobrir para o jornal; no dia seguinte, por exemplo, tinha de assistir à final da copa, uma pauta detestável uma vez que considerava particularmente cansativas as multidões e sua animação enlouquecida por causa de uma coisa que no fim das contas acontecia todos os anos sem falta, e como já tinha mencionado muitas vezes se pegara escrevendo sobre milagres religiosos num dia e corrupção estatal no seguinte. Das entrevistas com autores literários ele em geral gostava, mas mesmo assim considerava sua tarefa entrar no mundo deles, pesquisar suas vidas e ler suas obras anteriores e de modo geral se informar sobre as questões com as quais eles se preocupavam. Mas dessa vez, talvez por ter andado tão ocupado e por haver tantos autores na conferência exigindo a sua atenção, tinha começado a ler meu livro sem ter muitas informações de contexto. Na verdade só acabara de ler tarde na noite anterior, ao voltar para o quarto depois de jantar, e foi quando estava indo dormir que tinha lhe ocorrido a ideia de desempenhar o papel de autor. Achava interessante ter sido levado a acreditar que podia assumir esse poder; em geral os romances tinham sobre ele o efeito contrário, isto é, ele nunca conseguia se imaginar escrevendo como o autor havia escrito, ou mesmo em alguns casos o querendo; o simples fato de pensar isso o deixava exausto e ele às vezes se pegava desejando que aqueles prodígios tivessem um pouco menos de energia, pois toda vez que escreviam algo novo eles criavam também uma obrigação sua de reagir. O esforço tremendo de materializar algo a partir do nada, de criar uma grande estrutura de linguagem onde antes houvera apenas o vazio, era algo do qual ele se sentia pessoalmente incapaz; na verdade isso em geral o tornava um tanto passivo e o fazia sentir um alívio ao retornar aos detalhes triviais da própria vida. Havia reparado, por exemplo, que meus personagens muitas vezes eram provocados a realizar façanhas de autorrevelação por meio de uma simples pergunta e isso obviamente o tinha levado a pensar na própria profissão, cujo elemento central era fazer perguntas. Mas as suas perguntas raramente suscitavam respostas tão melífluas; na verdade, ele em geral se pegava rezando para o entrevistado dizer algo interessante, pois caso contrário caberia a ele criar uma matéria interessante a partir daquilo. Ao ir dormir, como já dissera, ele de repente tinha se sentido inexplicavelmente empoderado nesse quesito, como se tivesse se dado conta de que uma pergunta bem mais simples do que aquelas que ele em geral fazia — e talvez de fato uma única pergunta — lhe revelaria todo o mistério. A pergunta de que ele mais gostava — e era uma que ele pretendia me fazer, no seu novo papel de narrador — tinha a ver com aquilo em que eu havia reparado no caminho até ali, e caso a sua — ou melhor, a minha — teoria estivesse correta, ao me fazer essa pergunta, sobre no que eu havia reparado a caminho dali, ele me permitiria por assim dizer escrever a entrevista inteira em seu lugar.

Dois homens tinham se sentado à mesa na nossa frente e um deles então interrompeu e perguntou se tinha ouvido direito, se meu vizinho cobriria a final da copa no dia seguinte; e, caso sim, quais eram suas opiniões sobre o provável resultado. Meu vizinho ajeitou o guardanapo na gola da camisa lenta e meticulosamente e, com uma expressão grave e paciente, começou a dar uma resposta longa e aparentemente pesarosa cujo teor principal parecia ser que o desfecho não seria o que eles desejavam. Seguiu-se um debate acalorado, durante o qual Sophia entrou no restaurante e, ao ver um lugar vazio ao meu lado, veio sentar-se nele. Nesse mesmo instante, Luís — que a tinha seguido salão adentro — pôde ser visto andando a passos largos em direção à outra ponta da mesa e então a ultrapassando por completo para ir se sentar sozinho diante de uma pequena mesa no canto mais afastado do restaurante. Sophia emitiu um pequeno arquejo de frustração e, tornando a se levantar, disse que ia só descobrir por que Luís estava insistindo em sentar-se sozinho. Voltou alguns minutos depois e, pesarosa, pegou a bolsa, dizendo que, como ele não queria mudar de lugar, teria de ir lhe fazer companhia, já que sentia ser errado deixá-lo ir embora daquele jeito. Meu vizinho interrompeu sua conversa para lhe dizer que esse argumento era ridículo: o que você está fazendo, indagou, tornando a ajeitar o guardanapo branco na gola da camisa e encarando-a com seus olhos pequenos, redondos e inquisitivos, perseguindo-o desse jeito pelo restaurante? Se Luís queria ficar sozinho, deveria ser deixado sozinho; caso contrário deveria vir se juntar ao resto de nós. Sophia refletiu sobre isso com um cenho delicadamente franzido, então se afastou pisando de leve com as botas de salto e dessa vez voltou depois de alguns minutos seguida por um Luís com uma expressão agressiva.

"Nós não vamos permitir esse comportamento deprimente", disse-lhe ela com sua risada trinada. "Vamos manter você no mundo dos vivos."

Luís sentou-se com uma expressão de irritação mal disfarçada no rosto e na mesma hora juntou-se aos outros homens na conversa sobre futebol, diante do que Sophia virou-se para mim e falou suavemente no meu ouvido que, embora soubesse que Luís podia dar uma impressão de arrogância, na realidade o seu sucesso era doloroso e provocava nele uma culpa intensa, além de sentimentos de superexposição.

"Ele fez algo bem raro para um homem deste país", disse ela, "talvez para qualquer homem: foi honesto em relação à própria vida. Escreveu sobre a sua família e sobre os seus pais e a casa da sua infância de um jeito que os torna totalmente reconhecíveis, e como este país é pequeno fica preocupado de tê-los usado ou de tê-los comprometido, embora naturalmente para leitores de outras partes do mundo o que sobressai é apenas a honestidade em si. Mas é claro que, se ele fosse mulher", disse ela, inclinando-se de modo mais confidencial em direção ao meu ouvido, "teria sido desdenhado pela sua honestidade, ou no mínimo ninguém ligaria."

Ela se recostou na cadeira de modo que os garçons pudessem pôr as travessas na mesa. Elas continham um purê marrom de cheiro forte, Sophia torceu o nariz e disse que aquele prato tinha um nome que podia ser traduzido aproximadamente como "as partes que de outro modo ninguém comeria". Encheu uma colher minúscula e a depositou na borda de seu prato. O romancista galês a essa altura já tinha aparecido, com os cabelos duros por causa do vento e a camisa desabotoada para deixar à mostra o peito afogueado. Após certa hesitação, sentou-se na única cadeira restante, ao lado de Sophia, e abriu um sorriso cauteloso que expôs os dentes estreitos e amarelados. Quando ele lhe perguntou o que havia nos pratos, ela não repetiu a tradução, apenas sorriu graciosamente e respondeu que era uma iguaria local feita com carne moída. Ele estendeu a mão e serviu um tanto no seu prato, bem como vários pedaços de pão. Nós teríamos de lhe dar licença, falou: estava morrendo de fome, pois tinha tentado caminhar pelo litoral e em vez disso se embrenhou numa série de complexos industriais, empreendimentos residenciais e ruas de comércio para pedestres, todos eles parecendo estar num estado de ruína parcial e mais ou menos desertos, embora todas as ruas conduzissem infalivelmente para lá, de modo que no fim fora forçado a escalar muros e canteiros na tentativa de chegar à água e finalmente se vira no meio de um espaço de concreto isolado cercado por arame farpado e pelo que pareciam ser várias torres de vigia, com três homens uniformizados apontando armas para ele. Pelo visto tinha entrado numa zona miliar e foi preciso lançar mão dos seus escassos recursos linguísticos para explicar àqueles homens que ele não era um terrorista, e sim um escritor que estava participando da conferência literária da qual — de modo talvez surpreendente — eles tinham ouvido falar. Os militares acabaram se revelando bastante simpáticos e lhe ofereceram café e doces antes de liberá-lo, que ele lamentava não ter aceitado uma vez que percebera o quão longe estava do restaurante. Precisara voltar correndo a maior parte do caminho, falou, o que com suas botas de caminhada não era simples de fazer.

Essa narrativa tinha atraído a atenção de Luís e ele se lançou num relato do declínio socioeconômico do país, que segundo ele fora precipitado pela crise financeira de quase uma década antes, cujos reflexos, em lugares como aquele ali, ainda se faziam sentir. O romancista galês usou essa distração como oportunidade para comer, meneando a cabeça com frequência enquanto dava cabo de seu primeiro prato para então, saciado, recostar-se na cadeira. A sua própria região, o País de Gales, disse ele depois de Luís terminar de falar, encontrava-se também numa trajetória mais ou menos inevitavelmente descendente, embora para começo de conversa mal tivesse concluído sua evolução até a era moderna. Ainda havia famílias, falou, nas quais os pais de uma geração anterior não falavam inglês, e nas suas conversas com pessoas da região ele tinha ouvido falar de um mundo em que os seres humanos costumavam viver de modo profundo e rico em seu próprio habitat, familiarizados não só uns com os outros como também com animais, pássaros, montanhas e árvores, bem como com tradições musicais, de contação de histórias e religião, e ouvido falar também de histórias emotivas, mágoas profundas e abismos intransponíveis, de clãs que se casavam e tornavam a se casar entre si, vivendo naquelas terras dentro de uma realidade exclusivamente sua. Menos de quarenta anos antes, falou, comunidades inteiras subiam a montanha juntas aos domingos, velhas senhoras e bebês de colo, fazendeiros robustos, moças do vilarejo e bandos de crianças tagarelas, junto com seus cachorros, pôneis e cestos de comida, com seus sanduíches de presunto e suas grandes garrafas térmicas de chá, e os homens cantavam enquanto subiam a encosta.

O romance que estava escrevendo no momento era uma tentativa de ressuscitar esse mundo desaparecido e ele tinha feito pesquisas consideráveis sobre seus modos e costumes, bem como sobre as práticas agrícolas, tradições culinárias e domésticas, padrões de frequência na igreja e de socialização, folclore, poesia e cancioneiro popular. Tinha entrevistado incontáveis pessoas, a maioria — por motivos óbvios — idosa, e construído um retrato bastante extraordinário em matéria de observações preliminares, e no entanto era surpreendente a frequência com que aquelas pessoas se diziam aliviadas por não viverem mais daquele modo, ainda que expressassem sua nostalgia em relação a isso. Às vezes ele quase pensava sentir com mais intensidade do que elas a perda do mundo antigo, pois na verdade não compreendia como elas conseguiam suportar as casas de repouso para idosos sem graça com seus confortos vazios representados por televisores e calefação central, quando aquilo que recordavam era tão belo. Nada restava do mundo que ela havia conhecido, dissera-lhe uma velha senhora; nenhuma folha de grama era igual. Ele tinha pedido a ela que explicasse o que queria dizer, pois com certeza a grama continuava sendo grama, mas ela havia simplesmente repetido que ao longo do seu tempo de vida absolutamente todas as coisas tinham mudado e se tornado irreconhecíveis. Essa senhora tivera uma morte tranquila não muito tempo depois dessa conversa e ele se sentia sortudo, falou, por ter tido a chance de conversar com ela e registrar suas lembranças, que de outro modo morreriam junto com ela. No entanto, ao mesmo tempo que reconstruía essas lembranças de modo tão meticuloso que elas brilhavam como novas nas páginas do seu romance, ele continuava sem entender o significado dos comentários dela sobre mudança. No fim das contas, não conseguia acreditar que a própria essência das coisas houvesse sido perdida e em determinados momentos, quando estava escrevendo, quase sentia raiva da velha senhora, como se ela própria tivesse roubado essa essência e a levado embora consigo de vez. Lá onde ele morava, por exemplo — uma fazenda dentro do parque nacional de Snowdonia —, a paisagem continuava praticamente a mesma e a comunidade local era muito ativa no combate às pequenas mudanças — placas excessivas nas estradas, estacionamentos novos — que pouco a pouco estragariam seu aspecto e sua beleza, bem como na recriação de algumas das antigas indústrias caseiras e tradições de exploração da terra. Quando ele saía para caminhar por aquelas montanhas, a realidade, na sua opinião, era exatamente a mesma que sempre fora, embora é claro, acrescentou, olhando em volta com cautela para os outros, se desse conta de que tinha sorte por viver num lugar sobre o qual se pudesse afirmar isso.

Luís vinha escutando com uma expressão impassível no grande rosto carrancudo, enquanto seus dedos se mantinham ocupados rasgando pedacinhos de um naco de pão e os enrolando para formar bolinhas duras que ele então deixava cair na mesa em volta do seu prato.

"Minha mãe um dia me contou", disse ele, "que na época da colheita, quando ela era criança, o vilarejo organizava um dia de festa e os agricultores sempre deixavam um último campo para colher naquele dia. Todo mundo se reunia para ver os homens ceifarem o campo com suas foices, porque aquilo era uma tradição, e também era uma tradição eles deixarem um pedaço circular sem ceifar no meio do campo, começando pelas bordas em vez de subir e descer em linhas retas como em geral faziam. Toda a fauna assustada que normalmente tinha oportunidade de fugir ficava assim encurralada dentro desse círculo", disse ele, "que ia se tornando cada vez menor à medida que os homens ceifavam em volta, de modo que no fim restava um grande número de animais encolhidos lá dentro. As crianças do vilarejo já tinham sido armadas com pás, picaretas e até mesmo facas de cozinha e em determinado momento deixava-se que avançassem e se abatessem sobre o círculo não ceifado numa turba ruidosa para matar os bichos, coisa que elas faziam com grande prazer e energia, salpicando de sangue a si e umas às outras. Minha mãe não consegue pensar nessas ocasiões sem ficar abalada", disse ele, "muito embora na época participasse delas bastante alegremente, e de fato muitos de nossos conhecidos hoje negam que práticas bárbaras como essas algum dia tenham ocorrido. Mas minha mãe diz que ocorriam e até hoje sofre por causa delas, porque ao contrário dos outros permaneceu honesta e se recusa a recordar o passado sem recordar também sua crueldade. Às vezes me pergunto", disse ele, "se ela acredita ter selado o próprio destino com essa conduta impensada, pois a vida retribuiu tratando-a com crueldade, e no entanto essa impressão é criada apenas pela sua sensibilidade, e seus parentes, como eu já disse, não veem de modo algum as coisas assim. Quando comecei a escrever", disse ele, "foi por causa da pressão da sensibilidade dela, como se isso fosse uma doença ou uma tarefa inacabada que eu precisasse assumir, ou algo que ela tivesse legado a mim que eu precisava realizar. Mas na minha própria vida fui tão fadado à repetição quanto qualquer outra pessoa, mesmo quando não sabia o que estava repetindo."

"Mas isso é totalmente falso", exclamou Sophia. "A sua vida foi inteiramente transformada pelo seu talento e pelo que você fez com ele — você pode ir a qualquer lugar e conversar com qualquer pessoa, é elogiado no mundo inteiro, tem um belo apartamento na cidade, tem até uma esposa", disse ela com um sorriso agradável, "com a qual não precisa morar e que se dedica a criar seu filho. Se você fosse mulher, com certeza veria a vida da sua mãe pairando acima da sua cabeça feito uma espada e estaria se perguntando que progresso fez além de dobrar para si mesma o trabalho que se esperava dela e receber em troca o triplo de culpa."

Os garçons já tinham retirado as travessas de purê e estavam trazendo o prato seguinte, um pequeno bloco moldado que Sophia descreveu de modo pomposo como sendo à base de peixe e do qual novamente se serviu apenas uma quantidade ínfima. Quando a travessa foi passada para Luís, ele a dispensou com um aceno e permaneceu sentado em sua cadeira, curvado e sem fazer nada, encarando a parede acima de nossas cabeças, onde diversos objetos náuticos — redes de pesca, grandes anzóis de latão, o leme de madeira de um barco — tinham sido pendurados como enfeites. Era interessante, disse então Sophia para o romancista galês, ele ter repetido aquelas palavras da velha senhora, pois ela própria recentemente ouvira quase as mesmas exatas palavras, embora num contexto bem diferente. Não muito tempo antes seu filho fora passar uns dias com o pai e descobrira uns álbuns de fotografia guardados que nunca tinha visto. Seu ex-marido tinha ficado com todos os álbuns na separação, explicou ela, talvez por acreditar que a história do casal lhe pertencia ou talvez porque houvesse naqueles álbuns algo que ele temia que fosse contradizer sua versão do que acontecera, pois caso contrário, disse ela, por que ele os esconderia?

"Por algum motivo", disse ela, "ele me deixou sem uma única foto da nossa vida juntos, então quando meu filho encontrou os álbuns dentro de um armário estava de certa forma vendo aquela vida pela primeira vez, já que era pequeno demais para se lembrar da maior parte dela. Quando ele chegou em casa depois da visita", disse ela, "pude ver na mesma hora que alguma coisa tinha acontecido, e ele passou várias horas muito calado. Não parava de olhar para mim quando achava que eu não perceberia e no fim eu perguntei: estou com alguma coisa na cara? É por isso que você não para de me olhar desse jeito estranho? Então ele me contou que tinha encontrado os álbuns e passado a manhã inteira olhando as fotos, porque seu pai saíra para jogar tênis com amigos e o deixara sozinho. Você está nas fotos, mamãe, disse-me ele, só que na verdade não é você. Quero dizer, disse ele, eu sei que a pessoa nas fotos era você, mas não consegui reconhecê-la. Eu disse a ele que fazia anos que não via aquelas fotos", falou Sophia, "mas que eu devia ter envelhecido mais do que pensava. Não, me disse ele, não é que você parece mais velha. É que tudo em você mudou. Nada está como nas fotografias, disse ele, nem seu cabelo, nem suas roupas, nem sua expressão, nem mesmo seus olhos."

Enquanto ela falava, seus olhos foram ficando maiores e mais brilhantes e era possível que estivessem se enchendo de lágrimas, mas mesmo assim ela continuou sorrindo de um jeito que deixava claro que tinha prática em manter o controle. O romancista galês a encarava com uma preocupação bem-educada e uma expressão levemente alarmada no rosto.

"Coitado do menino", disse Luís, sombrio. "Por que esse filho da mãe combina uma partida de tênis, para começo de conversa?"

"Porque assim", disse Sophia, sorrindo mais graciosamente do que nunca, "ele sabe que me priva da minha liberdade e da minha paz de espírito mesmo quando eu tenho algum tempo para mim mesma. Se ele cuidasse do nosso filho nos finais de semana que os dois passam juntos", disse ela, "em certo sentido estaria me dando alguma coisa, e ele dedicou a vida a se certificar de que isso é algo que nunca fará, nem mesmo por intermédio do nosso filho. Não tenho dúvida", disse ela, "de que, se o nosso filho estivesse sob os seus cuidados exclusivos, ele faria um trabalho de primeira categoria na sua educação, certificando-se de que ele derrotaria todos os outros meninos nos esportes, ganharia todas as competições e puniria a mãe regularmente com sua falta de interesse por ela. No tribunal", disse ela, "ele disputou a guarda comigo, e sei que muitos dos meus amigos ficaram chocados quando me opus, pois achavam que na condição de feminista eu deveria promover a igualdade para os dois lados e também porque existe a crença de que um filho precisa do pai de algum modo especial, para aprender a ser homem. Mas eu não quero que o meu filho aprenda a ser homem", disse ela. "Quero que ele se torne homem por meio da experiência. Quero que ele descubra como agir, como tratar uma mulher, como pensar por si mesmo. Não quero que ele aprenda a largar a cueca no chão", disse ela, "ou a usar sua natureza masculina como desculpa."

O romancista galês levantou um dedo com hesitação e disse que detestava discordar, mas sentia ser importante ressaltar que nem todos os homens se comportariam como o seu ex-marido tinha se comportado e que os valores masculinos não eram somente o produto de um egoísmo entrincheirado, mas podiam incluir coisas como a honra, o dever e o cavalheirismo. Ele próprio tinha dois filhos, além de uma filha, e gostava de pensar que eles eram indivíduos equilibrados. Não podia negar, falou, que havia diferenças entre a menina e os meninos e que da mesma forma negar as diferenças entre homens e mulheres talvez equivalesse a anular as melhores qualidades de ambos. Reconhecia que tinha muita sorte pelo fato de ele e a mulher terem um bom casamento e achava que as suas diferenças em geral eram complementares, e não fontes de conflito.

"A sua mulher também é escritora?", perguntou Luís, brincando com seu guardanapo de modo indiferente.

Sua mulher era mãe em tempo integral, disse o romancista galês, e eles dois estavam satisfeitos com esse arranjo, uma vez que a sua renda literária muito felizmente significava que ela não precisava ganhar dinheiro e podia em vez disso ajudá-lo a encontrar o tempo de que ele precisava para escrever. Na verdade, falou, ela escrevia um pouco no seu tempo livre e recentemente havia escrito um livro infantil que tivera um sucesso um tanto surpreendente. Quando seus filhos eram menores, ela costumava lhes contar histórias sobre um pônei galês chamado Gwendolyn, e no fim havia tantas histórias como essa, uma como sequência da outra para manter a atenção das crianças noite após noite, que o livro praticamente se escrevera sozinho, segundo ela. É claro que ele próprio estava implicado demais para poder dar uma opinião sobre as aventuras de Gwendolyn, mas tinha mostrado o livro ao seu agente, que por sorte conseguira arrumar para sua mulher um contrato de três títulos bastante impressionante.

"Minha ex-mulher e eu costumávamos contar histórias para o nosso filho", disse Luís, desanimado, "e é claro que líamos para ele na cama todas as noites, mas isso não fez a menor diferença. Ele nunca pega num livro dois dias seguidos. Às vezes precisa ler alguma coisa para a escola e é como se estivesse sendo torturado, mas quando eu tinha a idade dele lia tudo que me caía nas mãos, inclusive as instruções da máquina de lavar e as revistas de fofoca da minha mãe, porque em casa não havia livros. Mas o meu filho sente repulsa, a ponto de viver perdendo o livro que deveria estar lendo. Encontro o livro largado lá fora na chuva, ou então esquecido no bolso do casaco dele ou ao lado da banheira, e toda vez o recolho, limpo e ponho de volta num lugar onde ele possa encontrá-lo, porque vejo na rejeição a esses livros uma rejeição a mim mesmo e à minha autoridade como pai. O meu filho me ama", disse ele, "e conscientemente não me culpa pelas coisas que lhe aconteceram, mas desconfio que sinta que, caso dedicasse sua atenção a um livro e se perdesse nele, poderia nunca mais ser encontrado e o mundo ao qual está tentando se agarrar poderia fugir do seu controle. Minha ex-mulher e eu o tratamos com a maior gentileza possível", disse ele, "e fizemos tudo ao nosso alcance para nos darmos bem desde a nossa separação e para tranquilizá-lo de que não era por sua causa que isso tinha acontecido, mas a reação dele foi não demonstrar curiosidade alguma pela vida e se ancorar usando seus próprios confortos e prazeres, em que podia confiar. Ele passa os dias sentado no quarto, sem motivação para nada exceto assistir televisão e comer doces de padaria e de outros tipos, e é impossível não sentir", disse ele, "que nós o estragamos, não por maldade, mas devido à nossa própria falta de cuidado e egoísmo."

Sophia, que vinha ficando cada vez mais agitada à medida que Luís falava, nessa hora o interrompeu.

"Mas vocês não o ajudam", disse ela, "tratando-o como uma coisinha frágil, protegendo-o e escondendo o conflito de vocês quando as consequências desse conflito estão bem na frente dele todos os dias. Eu não pude proteger meu filho", disse ela, "então em vez disso ele precisou tomar suas próprias decisões e perceber que o seu destino está nas suas próprias mãos. Quando ele não quer ler um livro eu digo tá, tudo bem, se a sua escolha é trabalhar no posto de gasolina da estrada quando crescer, então não leia. As crianças precisam sobreviver às dificuldades", disse ela enquanto Luís balançava a cabeça desanimado, "e é preciso deixar que isso aconteça, pois caso contrário elas nunca vão ser fortes."

A essa altura os garçons tinham trazido o último prato, um ensopado de peixe gorduroso que ninguém exceto o romancista galês tinha comido muito. Luís olhou para Sophia com uma expressão consternada e empurrou seu prato para longe com tristeza, como se ele fosse uma oferenda do otimismo e da determinação dela.

"Eles estão feridos", disse ele devagar. "Feridos, e não sei por que esse ferimento específico foi tão mortal no caso do meu filho, mas como fui eu que lhe infligi o ferimento cabe a mim cuidar dele. Tudo que eu sei", disse ele, "é que não vou mais contar essa história, nem para ele nem para mim mesmo."

Fez-se um silêncio enquanto os garçons tiravam a mesa e até mesmo os homens na nossa frente, que durante todo esse tempo vinham mantendo uma conversa sobre as qualidades de liderança de José Mourinho, pararam de falar e ficaram olhando para a frente com expressões vazias e saciadas.

"Já conheci muitos homens", disse Sophia, pousando os braços esguios na mesa, cuja toalha branca estava coberta de guardanapos amassados, manchas de vinho e pedaços de pão meio comidos, "de muitas partes diferentes do mundo, e os homens deste país", disse ela, piscando os olhos pintados e sorrindo, "são os mais encantadores mas também os mais infantis. Por trás de todo homem existe a mãe desse homem", disse ela, "que se preocupou tanto com o filho que ele nunca vai se recuperar disso e nunca vai entender por que o resto do mundo não se preocupa com ele da mesma forma, em especial a mulher que substituiu sua mãe e em quem ele não consegue nem confiar nem perdoar por tê-la substituído. O que esses homens preferem é ter um filho", disse ela, "porque aí o círculo todo se repete e eles se sentem confortáveis. Homens de outros lugares são diferentes", disse ela, "mas no fim das contas não são nem melhores nem piores: são amantes melhores, mas menos corteses, ou então são mais seguros porém menos atenciosos. O homem inglês", disse ela, olhando para mim, "é na minha experiência o pior, porque ele não é nem um amante de talento nem um menino encantador e porque o seu conceito de mulher é algo feito de plástico, não de carne. O homem inglês é mandado para longe da mãe, de modo que deseja se casar com a mãe e talvez até ser a própria mãe, e embora em geral seja educado e ponderado com as mulheres, como um desconhecido poderia ser, não entende o que elas são.

"Depois que o meu filho encontrou as fotografias na casa do pai", continuou ela, "e comentou que eu não era a mesma pessoa de antes, nem mesmo nas moléculas da minha pele, passei um tempo me sentindo muito confusa e deprimida. De repente senti que todos os meus esforços desde o divórcio para manter as coisas iguais, para manter minha própria vida reconhecível para mim mesma e para meu filho eram na realidade falsos, porque debaixo da superfície absolutamente nada era mais como antes. No entanto, as palavras dele também me fizeram sentir que pela primeira vez alguém tinha entendido o que havia acontecido, porque embora eu sempre tivesse contado a história para mim mesma e para os outros como se fosse uma história de guerra, na verdade ela era apenas uma história de mudança. E era essa mudança que tinha permanecido sem ser examinada nem comentada até meu filho ver as fotografias e notá-la. Enquanto ele estava fora durante esses poucos dias visitando o pai", disse ela, "eu tinha combinado de encontrar um homem e o convidara para passar o fim de semana no nosso apartamento. Tive de tomar cuidado quanto a deixar meu filho me ver com outros homens, pois ele inocentemente poderia comentar alguma coisa com o pai, que sem dúvida reagiria com a agressividade mais virulenta possível. Essa necessidade de cautela e segredo", disse ela, "tornou também mais excitantes esses interlúdios de paixão: eles são uma espécie de recompensa que ofereço a mim mesma, e muitas vezes gasto tempo pensando neles e fazendo planos, às vezes até quando estou com meu filho e por algum motivo me sinto entediada. Mas nessa ocasião", disse ela, "depois de o meu filho sair para a casa do pai e enquanto eu estava esperando no meu apartamento, ouvi os passos na escada e a chave girando na fechadura e de repente me senti confusa em relação a qual homem dos que eu conhecera na vida estava prestes a entrar pela porta. Pareceu-me nesse instante", disse ela, "que eu tinha dado importância excessiva às distinções entre esses homens, quando na época o mundo inteiro parecera depender disto, se eu estava com um ou com outro. Dei-me conta de que eu tinha acreditado neles", disse ela, "e no êxtase ou na agonia que eles me provocavam, mas agora mal conseguia me lembrar por que e mal conseguia separá-los uns dos outros na minha mente."

A plateia de Sophia em volta da mesa estava ficando visivelmente desconfortável, remexendo-se nas cadeiras e permitindo aos olhos envergonhados passearem pelo recinto, com exceção de Luís, que permaneceu sentado muito imóvel observando-a com o olhar firme e a expressão impassível.

"No fundo", disse ela, "eu sentia que faltava a esses relacionamentos a autenticidade do relacionamento com meu ex-marido e vivia arrumando defeitos nos homens em si como um modo de explicar esse sentimento: um deles não falava vários idiomas tão bem quanto o meu marido; outro não sabia cozinhar; outro não era bom em esportes. Parecia quase uma competição", disse ela, "e se todos aqueles homens fossem inferiores ao meu marido sob qualquer aspecto, ele venceria a competição, e eu explicava essa atitude pouco caridosa para mim mesma como um simples produto do medo que sentia dele. Meu marido chegou muito perto de me matar", disse ela, "sem nunca encostar um dedo em mim, e vi então que era a minha disposição para ser morta que lhe permitia ir tão longe, assim como era a minha crença num ou noutro homem que lhe permitia me causar prazer ou dor. Mas no meu apartamento, ao ouvir a chave girar na fechadura, de repente me pareceu que o meu próprio marido poderia ser o homem prestes a entrar e que no final isso não faria diferença alguma, porque a mulher que ele conhecia — a mulher que havia acreditado na sua persona — não estava mais ali.

"Você diz", disse ela para Luís, "que se recusa a contar a história outra vez, talvez por alguns dos mesmos motivos, porque não acredita nos personagens ou em você mesmo como personagem, ou também porque histórias precisam de crueldade para funcionar e você tenha aberto mão desse elemento dramático também. Mas quando meu filho fez aqueles comentários sobre as fotografias, entendi que de alguma forma, sem que eu de fato percebesse, ele tinha retirado de mim o fardo da percepção, que na minha mente era inseparável do fardo de viver e de contar a história. Ele mostrou naquele momento que esse fardo na verdade era separado, e o efeito disso sobre mim foi me fazer experimentar uma sensação incrível de liberdade e ao mesmo tempo desconfiar que, ao me livrar desse fardo, eu não teria mais motivo algum para viver. Você precisa viver", disse ela a Luís, estendendo a mão para ele numa súplica por cima da mesa, e ele com relutância estendeu também a sua e apertou a dela antes de retirá-la. "Ninguém pode tirar de você essa obrigação."

Um dos organizadores veio até a mesa e disse que o ônibus já estava pronto para nos levar de volta até o hotel. Fora do restaurante, ao passar pelo terreno de concreto pichado onde o menino não podia mais ser visto tocando sua flauta, o romancista galês observou que o clima lá dentro tinha ficado bem intenso.

"Fiquei me perguntando se Sophia não estava meio dando em cima de Luís", disse ele numa voz baixa, relanceando os olhos para um lado e outro, onde as paredes em ruínas dos prédios exibiam vazios escuros atrás das bordas esfareladas e o vento fazia balançar para a frente e para trás o mato que brotava no acostamento. "Na verdade", disse ele, "eu acho que eles dariam um casal bem bom."

Perguntei se ele ia assistir à palestra de Sophia, marcada para aquela tarde, e ele respondeu que infelizmente não ia conseguir. Estava escrevendo um texto sobre as opiniões relacionadas ao voto do Brexit no País de Gales que precisava ser entregue até o final do dia. Já tinha sido observado que as pessoas que viviam nas mais desesperançadas pobreza e feiura eram as que tinham votado mais majoritariamente pela saída e em lugar nenhum isso era mais verdade do que no seu pequeno país.

"Foi meio como se os perus tivessem votado a favor do Natal", disse ele. "Embora eu não possa dizer isso no texto, claro."

Havia conjuntos habitacionais no sul, disse ele, nas desoladas extensões de terreno pós-industriais, onde os homens ainda montavam pôneis e atiravam uns nos outros com armas de fogo e as mulheres preparavam em suas cozinhas caldeiradas de cogumelos alucinógenos; não supunha que eles passassem muito tempo debatendo sua inclusão na União Europeia, se é que sabiam do que se tratava. Sério, falou, era triste o país ter se unido para o que era essencialmente um ato prejudicial a si mesmo, embora ele próprio felizmente não fosse ser afetado, já que a maior parte da sua renda proveniente das vendas vinha de fora; na verdade, por ironia, quanto mais a libra se desvalorizava em relação ao euro, melhor sua vida ficava. Mas isso tinha estragado o clima até mesmo na sua própria comunidade, onde a vizinhança amigável dera lugar à desconfiança mútua. Ele era totalmente a favor de as pessoas dizerem o que pensavam, mas aquilo fazia com que sentisse falta da época em que o que ficava abaixo da superfície tinha autorização para permanecer lá. No dia seguinte ao referendo, falou, estava visitando os pais em Leicestershire e tinha parado para pôr gasolina e tomar um café num posto. Era um lugar ermo, e o homem sentado ao seu lado — uma criatura imensa, tatuada e com a cara toda furada — estava devorando uma pratada de comida frita e anunciando para o salão inteiro que até que enfim tinha o direito de ser um inglês comendo um café da manhã tipicamente inglês no seu próprio país.

"Isso faz pensar que a democracia no final das contas não foi uma ideia tão boa assim", disse ele.

Eu disse ter suposto que sua família fosse originária do País de Gales, e ele me olhou com seu estranho sorriso cauteloso, exibindo os dentes estreitos amarelados.

"Fui criado pertinho de Corby", falou. "Para ser sincero, era bem tacanha. Vivo pensando em escrever sobre aquilo lá um dia, mas simplesmente não há muita coisa a dizer."

Na manhã seguinte, o vento havia cessado e as nuvens cinza pesadas tinham começado a se esgarçar e sumir, e quando os participantes começaram a se reunir no lobby já havia chegado um calor intenso que parecia estar aguardando por trás do véu de nuvens, metade ameaça e metade promessa. Alguns queriam ir à praia e os organizadores estavam confabulando com a cara fechada e olhando para seus relógios. A praia ficava a pelo menos meia hora a pé, disseram; infelizmente seria impossível ir até lá e voltar a tempo do evento seguinte. Alguém perguntou se haveria tradução simultânea para esse evento, cujo tema eram as interpretações contemporâneas da Bíblia, e os organizadores responderam que infelizmente naquele caso eles não poderiam proporcionar tradução simultânea: neste fim de semana havia um grande festival religioso no país e muitos dos funcionários tinham ido para casa ficar com as famílias. Além disso havia a final da copa, que eles temiam que fosse diminuir ainda mais o público. Eles agem como se fossem vítimas do destino, disse-me um homem chamado Eduardo, mas na verdade esses acontecimentos poderiam ter sido previstos com grande antecedência e evitados. Mas talvez, disse ele, seja a própria intencionalidade da nossa vontade que nos torne cegos para outras realidades. Alguns anos atrás, disse ele, uns amigos alugaram uma casa na Itália e decidiram ir para lá de carro simplesmente inserindo o endereço no GPS e seguindo as instruções, que milagrosamente os levaram por todo o caminho desde a Holanda — onde eles moravam — pela Europa afora até aquela casa de fazenda nas regiões mais remotas do sul quente. Eles passaram quinze dias lá, maravilhados com a própria liberdade e autonomia e com a facilidade com que tinham feito aquela transição. Quando chegou a hora de voltar e eles já tinham carregado o carro outra vez, descobriram que o GPS por algum motivo não estava funcionando. Perceberam, disse ele, que não faziam a menor ideia de onde estavam — não sabiam sequer o nome da cidade mais próxima — e como não falavam uma só palavra da língua e estavam em todo caso no meio de uma zona remota e despovoada, foram obrigados a dar voltas e mais voltas de carro por aquela paisagem selvagem em estradas de terra, tentando encontrar, cada vez mais em pânico, uma rota de fuga antes de ficarem sem gasolina e sem comida. Todo aquele tempo que tinham passado pensando estar livres, falou, eles estavam na verdade perdidos sem o saber.

Perguntou se eu ia assistir à palestra sobre a Bíblia, que como não teria como entender eu precisaria tratar como uma experiência mística em si, e eu disse que na verdade passaria o dia na cidade, já que a minha editora havia combinado algumas entrevistas para mim enquanto estivesse ali. Ele meneou a cabeça com uma leve tristeza como se a informação representasse uma decepção, embora não tenha ficado claro para quem. Eu tinha escolhido um momento propício para minha visita, disse ele, já que aquela parecia ser a breve estação na qual os jacarandás da cidade estavam em flor. Essas árvores eram típicas da paisagem dali, margeando como grandes colunas altas os bulevares e avenidas e decorando as muitas praças famosas. Mas era só durante duas semanas que elas explodiam em floração, produzindo grandes nuvens etéreas de buquês roxos luminosos que se moviam na brisa quase da mesma forma que a água ou até mesmo a música, como se as belas flores púrpuras fossem as notas individuais que em coro formavam um corpo ondulante de som. Essas árvores levavam um tempo extraordinário para crescer, disse ele, e os espécimes altíssimos espalhados pela cidade tinham décadas — na verdade séculos — de idade. As pessoas às vezes tentavam cultivá-las nos seus próprios jardins, mas, a menos que você tivesse a sorte de ter herdado uma, era quase impossível reproduzir aquele espetáculo na sua propriedade particular. Ele tinha muitos amigos — pessoas inteligentes, ambiciosas e de bom gosto — que haviam plantado um pé de jacarandá no seu novo jardim como se essa lei da natureza por algum motivo não se aplicasse a eles e fossem conseguir fazê-lo crescer pela força do desejo. Depois de um ano ou dois, frustravam-se e reclamavam que a árvore não havia aumentado mais que alguns centímetros. Mas seriam precisos vinte, trinta, quarenta anos para uma árvore daquelas crescer e produzir seu lindo espetáculo, disse ele sorrindo; quando você os informa desse fato eles ficam horrorizados, talvez por não conseguirem imaginar permanecer na mesma casa ou aliás no mesmo casamento por tanto tempo e passam quase a odiar o pé de jacarandá, disse ele, às vezes chegando até a tirá-lo da terra e substituí-lo por outra coisa, porque ele os faz lembrar da possibilidade de ser a paciência, a perseverança e a lealdade — não a ambição ou o desejo — que em última instância trazem recompensas. É quase uma tragédia, falou, que as mesmas pessoas capazes de querer o pé de jacarandá e de compreender sua beleza sejam incapazes de cultivar um por si mesmas.

Ele conhecia minha editora, acrescentou, já que a cidade no fim das contas era um ovo e todo mundo praticamente se conhecia. Numa comunidade estática como a sua, a vida dos outros era um drama em andamento que não parava de evoluir por diferentes fases de existência, como uma novela de longa duração; às vezes um personagem novo aparecia, mas o elenco de base permanecia o mesmo. Paola era uma boa mulher, falou, embora fosse uma daquelas pessoas para quem sempre tem alguma coisa acontecendo e que sempre dá um jeito de sair disso mais forte. Neste país, para uma mulher sobreviver às numerosas tentativas de ser esmagada, disse ele, ela precisa viver como um herói, sempre se levantando outra vez e sempre, em última instância, sozinha.

Na televisão em frente aos sofás desertos uma imensa multidão estava reunida em volta de uma igreja, segurando coroas de flores e velas bem no alto enquanto um homem em trajes eclesiásticos discursava em um microfone. Uma menininha com uma enorme fita de cetim azul nos cabelos e um vestido no mesmo estilo com intrincados babados estava em pé encarando a tela enquanto seus pais a chamavam de dentro dos elevadores abertos.

"Nosso segredo constrangedor", disse Eduardo, revirando os olhos para o espetáculo religioso na televisão. "Até daria para viver com a ideia de que metade do país é doida, mas aí amanhã, com o futebol, fica claro que a outra metade também é."

Os outros participantes estavam se reunindo no asfalto do outro lado das janelas de vidro temperado, esperando para serem levados para o evento seguinte. Nós passamos pelas portas e fomos até o estacionamento, onde ele olhou para o céu com um ar de dúvida.

"Você pegou um tempo estranho por aqui", disse ele. "Mas acho que está prestes a melhorar."

Um sol escorchante, disse ele, era a regra nesta época do ano; estes interlúdios melancólicos de confusão cinza eram raros, mas apesar disso tinham um efeito muito desanimador, como se representassem a ausência temporária de autoridade. Por mais ditatorial que fosse o sol, pelo menos era consistente; na Inglaterra vocês estão acostumados a ver o céu chorar sobre as suas cabeças, disse ele, mas nós aqui levamos esse tipo de coisa para o lado pessoal, como crianças que levam as oscilações de humor dos pais para o lado pessoal e supõem que a culpa delas seja sua. Talvez em consequência disso, falou, as pessoas que moram no sol não assumam responsabilidade pela própria felicidade. Segundo o filho dele, o tempo atípico para a estação tinha pelo menos criado condições excelentes para o surfe, o que sem dúvida queria dizer que ele e os amigos fariam as malas e se mudariam para a praia por alguns dias, sem qualquer ambição maior do que a de uma colônia de focas, disse ele, que vai para onde as forças da natureza a guiam. Meus filhos vivem em duas dimensões apenas, falou, como o personagem Tintim, cujas aventuras só são possíveis por ocorrerem num mundo que é estável e pode ser representado pela caneta de um quadrinista, enquanto para mim a verdadeira realidade têm sido as pessoas e seus pensamentos. Tratei meus filhos com gentileza apenas, disse ele, e o resultado é que eles não têm nenhuma das ansiedades que eu tinha na mesma idade e tampouco nenhuma das ideias e opiniões por meio das quais eu acreditava que o mundo pudesse ser transformado e que faziam até as coisas mais insignificantes se tornarem elementos de um grande drama, de modo que tudo sempre parecia se encontrar num estado de fluxo. Para eles o mundo é estável, como eu disse, e eles estão dispostos a pegar o seu quinhão, mas no fim das contas será um quinhão bem menor, disse ele, do que o que eu próprio peguei, apesar de eu ter aparentemente me dedicado à vida da mente.

Tenho mais do que eles provavelmente jamais terão, disse ele sorrindo, e ainda assim eles me veem como uma alma torturada: vivem me dando conselhos destinados a me tornar mais feliz e mais relaxado, e são bons conselhos, disse ele, mas eles não parecem entender que se eu os seguisse o drama acabaria e o mundo teria menos interesse para mim. Outro dia, disse ele, meu filho e eu estávamos falando sobre política e ele observou que na atual situação a possibilidade da destruição parecia estar genuinamente muito próxima, a ponto de ele não conseguir ver que jogada no tabuleiro de xadrez poderia nos tirar dessa enrascada. Respondi que aquilo era algo que todos nós tínhamos sentido na nossa época, quando estávamos entrando na idade adulta e reconhecendo o papel dos acontecimentos externos na construção da história e sua capacidade de intervir na nossa vida e mudá-la, uma vida que até então permanecera no estado hermético da infância. Ele disse uma coisa que me surpreendeu muito, a saber, que em todo caso ele sentia que a humanidade agora tinha feito inteiramente jus à destruição e que mesmo se isso significasse que as vidas da sua geração não poderiam atingir sua plena duração ele achava que seria melhor assim. Toda vez que pensava no futuro, disse o seu filho, ele precisava lembrar a si mesmo que a noção da própria história não passava de ilusão, pois não restava mais o suficiente para outra história: tempo suficiente, material suficiente, autenticidade suficiente. Tudo já foi usado, disse ele, a não ser, imagino eu, as ondas, acrescentou Eduardo, que continuam a bater na costa e ainda estarão batendo quando não estivermos mais aqui.

O ônibus tinha chegado e a fila de participantes avançava lentamente em direção às portas abertas. Eduardo estendeu a mão. O sol de repente surgiu entre as nuvens e se derramou quente e violento sobre nossos rostos, o asfalto do estacionamento e o metal reluzente do ônibus.

"Desconfio que você esteja fugindo", disse ele, com os olhos apertados por estar intrigado ou por causa da forte claridade. "Espero que aproveite bem sua liberdade."

O hotel onde Paola tinha me pedido para encontrá-la era tão chique quanto era deprimente aquele do qual eu acabara de vir. As paredes do amplo lobby eram revestidas de madeira escura e couro e um ar de mistério fora criado usando colunas, luzes indiretas e trechos rebaixados do teto, de modo que, embora as pessoas lá dentro permanecessem visíveis, ele as incentivava a se sentirem escondidas. A mesa da recepção, um imenso plinto escuro num corredor afundado onde as pessoas eram atendidas por uma fila de recepcionistas uniformizados, transmitia tamanha impressão de grandiosidade e imutabilidade que era como se, disse Paola, ali se estivesse separando o joio do trigo. Ela estava sentada na borda de um banquinho de couro, usando uma túnica prateada e sandálias douradas de tiras finas, e digitava depressa na tela do celular, lançando olhares inquisitivos pelo lobby enquanto sua assistente, uma moça grande e macia com uma expressão plácida e encantadora, sentava num sofá ali perto. O hotel, disse Paola, reivindicava possuir associações literárias mais ou menos espúrias, uma vez que se limitavam ao fato de antes ter havido naquele local uma livraria que fora demolida para dar lugar ao novo prédio. Mesmo assim, o tema fora mantido na insígnia do hotel — um desenho de assinaturas famosas escritas em tinta desbotada — e no esplendor sisudo da decoração, embora na pressa de recriar o ambiente de uma biblioteca eles tivessem por algum motivo esquecido de providenciar qualquer livro, disse ela, com exceção do papel de parede feito a partir de uma fotografia de lombadas de couro gastas usado no interior dos elevadores. Mas deveríamos agradecer, disse ela, por eles terem uma atitude tão séria em relação à literatura, pois, mesmo que aquele lugar não representasse absolutamente os escritores e sua vida, era ideal para conduzir entrevistas, e no verão era um dos lugares mais frescos e mais tranquilos da cidade.

O primeiro jornalista chegaria a qualquer momento, acrescentou ela, e mais tarde haveria a gravação de uma entrevista para um dos últimos programas de artes remanescente na televisão do país. Apenas um punhado de escritores era convidado para participar desse programa, continuou ela, de modo que estava feliz por eu estar entre eles, porque estava cada vez mais difícil encontrar oportunidades para promover livros. O formato era bem direto e a coisa toda provavelmente levaria só quinze minutos, já que o programa tivera sua duração cortada pela metade no ano anterior. Não estava claro exatamente por que isso havia acontecido, acrescentou ela, tirando que tudo relacionado à literatura parecia estar encolhendo, como se o mundo dos livros fosse governado por um princípio de entropia enquanto tudo o mais proliferava e se expandia. Os jornais agora davam às críticas metade do espaço que davam dez anos antes e as livrarias não paravam de fechar, e com a chegada dos e-books houvera até uns pessimistas dizendo que os livros como entidade física poderiam deixar de existir por completo. Como o tigre siberiano, disse ela, nós vivemos sempre ameaçados de extinção, como se os romances também já tivessem sido ferozes e agora estivessem frágeis e indefesos. Em algum ponto do caminho, disse ela, não conseguimos promover nosso produto, talvez porque as pessoas que trabalham no mundo da literatura sejam aquelas que acreditam secretamente que o seu interesse pela literatura é uma fraqueza, uma espécie de debilidade que as destaca de todas as outras. Nós editores, disse ela, partimos do princípio de que ninguém está nem aí para livros, enquanto os fabricantes de cereais convencem a todos de que o mundo precisa de cereais como precisa do sol nascendo de manhã.

Os olhos dela vinham percorrendo atentamente o lobby e de repente se iluminaram diante da visão de um homem que entrou pelas grandes portas de vidro fumê. Ela se levantou do banquinho em um pulo e foi recebê-lo enquanto sua assistente perguntava se eu queria um café antes de começar. Provavelmente sobraria algum tempo entre as entrevistas, disse ela, mas nunca dá para ter certeza; às vezes elas duravam bem mais do que deveriam. Talvez alguns escritores tivessem mais coisa a dizer do que outros, disse ela num tom de dúvida, ou talvez simplesmente gostassem mais de falar. Perguntei quanto tempo fazia que ela trabalhava no mercado editorial e ela disse que só fazia uns dois meses que estava naquele emprego. Antes disso trabalhava para uma das companhias aéreas nacionais. Este emprego era melhor, falou, porque os horários eram mais sociáveis e isso significava que ela podia passar mais tempo com os filhos. Seus filhos eram muito pequenos, falou, mas ela tinha adquirido o hábito de pedir a cada um dos escritores que encontrava para autografarem um exemplar de seu livro com uma dedicatória para eles. Guardava os livros em casa numa prateleira especial, porque embora as crianças fossem novas demais para lê-los agora, gostava da ideia de no futuro encontrarem uma prateleira com todos aqueles livros autografados para elas. Quem sabe, disse ela, se desse tempo, ela pudesse depois me pedir para autografar um dos meus para eles.

O jornalista tinha se sentado num sofá ali perto e estava folheando suas anotações. Levantou-se para apertar minha mão com uma expressão de grande seriedade; era muito alto e inteiramente calvo e seus óculos de armação grossa eram tão grandes que pareciam projetados para enfatizar seu papel de interrogador ao mesmo tempo que proporcionavam a esperança de ele não poder ser visto. Sua pele era extremamente pálida e sua grande cabeça sem cabelos tinha um aspecto um pouco reluzente e sobrenatural no recinto fracamente iluminado. A assistente lhe ofereceu água, que ele aceitou com as sobrancelhas erguidas como se a oferta o tivesse surpreendido. Ao seu lado sobre a mesa havia uma pilha de livros com as páginas eriçadas de post-its anotados. Ele esperava que eu não estivesse achando a cidade quente demais, disse; ele próprio não suportava aquela época do ano, já que ao contrário de muitos de seus conterrâneos tinha uma pele muito clara que sofria demais no sol. Preferia o clima inglês, onde até mesmo um dia de verão tinha um toque de carícia sedoso e onde as árvores, para citar Tennyson, estendiam sobre os gramados seus braços escuros, embora os ingleses, é claro, viessem para cá em hordas — ele fez uma careta com a boca pálida um tanto carnuda — para ficarem tostando deitados nas praias. Ele tinha se perguntado, acrescentou, se por tato, cortesia ou apenas simples vergonha eles poderiam desistir desse hábito à luz da sua recente rejeição de participar da União Europeia, mas não havia sinal de que fosse o caso.

"Eles ficam lá", disse ele, cruzando os braços e olhando dramaticamente em volta de si com uma truculência desafiadora, numa imitação daqueles intrusos, "entrincheirados nos resorts e nos bares, incapazes de conversar em outra língua que não a sua ou mesmo de compreender as implicações da sua própria estupidez tosca. Como grandes bebezões", disse ele, que se parecia ele próprio um pouco com um bebê de tamanho avantajado, "que conseguiram tirar a família inteira dos trilhos porque ninguém se deu ao trabalho de criá-los da maneira correta. Já tive em determinado momento um caso de amor com a Inglaterra", acrescentou ele, voltando ao seu comportamento normal. "Amava a poesia e a ironia inglesas — amava tanto que amaldiçoava o fato de não ter nascido inglês. Mas hoje", disse ele, "fico feliz de não ser."

As perspectivas cambiantes da identidade, continuou ele, eram um tema sobre o qual eu havia refletido um pouco, ele sentia; eu não achava ser possível que alguém se imaginasse em desvantagem devido a coisas que mais tarde se revelavam vantagens, e vice-versa — e talvez com maior frequência — que determinadas pessoas permaneciam convencidas de serem as preferidas dos deuses até a vida lhes provar o contrário? Como um menino estudioso sem talento para o esporte, por exemplo, ele se considerava seriamente incapaz até de revelar que um bom cérebro valia muito mais do que a capacidade de interceptar uma bola. Um amigo seu tinha uma expressão que ele sempre achava divertida: a vida, dizia esse amigo, era a vingança dos nerds, e esse conceito encantador — de que o poder acabava nas mãos dos estudiosos alvos de chacota — adquiria algumas nuances quando aplicado aos escritores, para quem a questão do poder em geral permanecia sem solução. Um escritor só obtinha poder se alguém lesse seu livro; talvez por isso tantos escritores se tornassem obcecados em fazer seus livros virarem filmes, já que isso eliminava a parte árdua dessa transação. No caso dos ingleses, seu poder era uma lembrança e assistir ao espetáculo deles tentando exercê-lo era tão ridículo quanto ver um cachorro sonhando que está perseguindo um coelho.

Ele costumava ler a totalidade da obra de um autor, acrescentou ele ao me ver olhar para a pilha de livros, e não só o mais recente, como faziam muitos de seus colegas. Com frequência ficara surpreso ao constatar quantos autores pareciam sentir que isso equivalia a uma investigação de suas vidas pregressas, como se os livros não tivessem uma existência pública e ele de alguma forma os tivesse desmascarado. Em certa ocasião, um autor não conseguia se lembrar de absolutamente nada de um livro que tinha escrito poucos anos antes; em outra, uma romancista admitira só gostar de um dos muitos livros que escrevera — livros que os seus leitores ainda compravam e presumivelmente liam — e sentia que os outros não valiam praticamente nada. Outros ainda — e ele reconhecia que isso era de longe o mais comum — pareciam valorizar seu trabalho com base nas recompensas e no reconhecimento que tinha recebido e ter adotado a avaliação do mundo quanto à sua própria importância; mas só se essa avaliação fosse positiva, acrescentou ele ajeitando os óculos. O que o espantava era que esses escritores, quando haviam embarcado na sua carreira, pareciam não ter tido nenhum plano específico e ter escrito livros mais ou menos como as pessoas se levantavam e iam trabalhar de manhã. Em outras palavras, aquilo era apenas o seu trabalho, e era tão provisório e sujeito à possibilidade do tédio e da mundanidade quanto qualquer outro trabalho; elas não sabiam o que o futuro traria, embora tivessem a mesma vaga crença que todo mundo tinha no progresso e fossem igualmente passíveis de superestimar seus sucessos ao mesmo tempo que punham a culpa por seus fracassos na ignorância alheia, bem como na sorte, que era o principal meio, eles acreditavam, pelo qual escritores específicos dentre os seus contemporâneos tinham conseguido avançar.

"Admito que foi uma certa decepção para mim fazer essas descobertas", disse ele, "porque eu reverencio a arte da literatura e, embora aceite que um romance inicial, até o de um grande mestre, possa não ter a profundidade e a complexidade de uma obra tardia, não quero sentir que ao ler a obra de um autor estou simplesmente o observando atravessar a vida aos tropeços, apenas discretamente menos vendado do que os outros."

Ele sempre se sentira atraído por textos provocadores e difíceis, prosseguiu, porque isso ao menos provava que o autor tivera a esperteza de se libertar dos grilhões da convenção, mas havia constatado que em obras de extrema negatividade — os escritos de Thomas Bernhard eram um exemplo que vinha considerando ultimamente — acabava-se eventualmente chegando a um impasse. Uma obra de arte não podia em última instância ser negativa; sua existência material, seu status como objeto, não podia ser outra coisa que não positivo, um ganho, uma adição à soma do que já existia. O romance autodestrutivo, assim como a pessoa autodestrutiva, era algo de que no fim das contas você permanecia irremediavelmente separado, forçado a assistir a um espetáculo — a alma se virando contra si mesma — no qual não tinha o menor poder para intervir. A grande arte era muitas vezes subordinada a essa imolação de si mesmo, já que uma grande inteligência e sensibilidade eram muitas vezes características de quem considerava o mundo um lugar impossível de viver; no entanto, o espectro da loucura era tão perturbador que tornava a entrega à escrita infactível; ficava-se de guarda, como uma criança poderia ficar de guarda para se proteger de um pai ou mãe louco, sabendo que em última instância está sozinha. A literatura negativa, ele percebera, obtinha grande parte do seu poder pelo uso destemido da honestidade: uma pessoa sem interesse em viver, e portanto sem investimento no futuro, pode se dar ao luxo de ser honesta, disse ele, e o mesmo privilégio dúbio se estendia ao escritor negativo. A sua honestidade, contudo, como ele já dissera, era de um tipo nada palatável: num certo sentido ela era jogada fora, talvez porque ninguém ligue para a honestidade de alguém que está pulando do navio no qual o restante de nós estamos presos. A verdadeira honestidade, é claro, era aquela de quem permanecia a bordo e tentava dizer a verdade em relação a isso, ou assim éramos levados a acreditar. Se eu concordava que a literatura era uma forma cuja essência era tirada de construtos sociais e materiais, o escritor não podia fazer nada além de se ater a esses construtos, enterrado na vida burguesa — como ele recentemente lera alguém descrever — como um carrapato no pelo de um animal.

Ele fez uma pausa e ficou procurando algo nas suas anotações enquanto eu observava a extraordinária palidez e fragilidade da sua cabeça curvada acima das páginas. Pouco depois tornou a erguer os olhos e me encarou com as órbitas gigantescas dos óculos. A questão que ele queria discutir comigo, disse ele, era se eu acreditava existir um terceiro tipo de honestidade além do da pessoa que vai embora e do da que fica; uma honestidade à qual não se pudesse atribuir nenhum viés moral, que não estivesse interessada nem em destituir nem em reformar, que não tivesse bússola própria e pudesse descrever o mal com a mesma falta de paixão que a virtude sem pender para o lado de um ou da outra, que fosse pura e refletora como água ou vidro. Acreditava que alguns escritores franceses tivessem se interessado por essa questão, falou — Georges Bataille lhe vinha à mente como exemplo —, mas na sua opinião não faziam nada além de propor a honestidade como algo amoral, em outras palavras se recusando a diferenciar o bem do mal e não oferecendo nenhum julgamento em relação a nenhum dos dois. A sua questão era em certo sentido mais antiquada: seria possível atribuir algum valor espiritual ao espelho em si, de modo que ao passar desapaixonadamente pelo mal ele provasse a própria virtude, a própria incorruptibilidade? No final das contas, eu por acaso não ansiava por essa prova, a ponto de talvez considerar o mal como tema?

Para ser justo, ele talvez devesse me dizer, acrescentou, que era conhecido naquela cidade como criador e destruidor de reputações: uma crítica ruim sua podia matar um livro, portanto uma das consequências da sua própria honestidade era que ele tinha muitos inimigos, o que significava que quando publicava um livro seu — até então tinha produzido três volumes de poesia — as facas eram desembainhadas, por assim dizer. Esses ataques tinham feito com que o seu trabalho não recebesse o reconhecimento que de outra forma poderia ter recebido: ele havia se candidatado a vários postos acadêmicos nos Estados Unidos, bem como a cargos literários aqui, e não tivera sucesso, mas seu poder como crítico permanecia inabalado; na verdade, vinha até aumentando regularmente, a ponto de ele estar adquirindo uma reputação internacional. Amigos seus tinham lhe aconselhado que, se ele quisesse ter sucesso como escritor de ficção, deveria parar de destruir o trabalho dos outros, mas era como pedir a um pássaro para não voar ou a um gato para não caçar; além do mais, de que valeria sua poesia se ele a escrevesse morando no mesmo zoológico de todos os outros animais desnaturados, seguro mas não livre? E isso sem sequer mencionar o dever moral do crítico de corrigir a tendência da cultura de também inclinar-se à segurança e à mediocridade, responsabilidade que não se podia medir em convites para jantar.

O que ele não conseguia mais suportar, continuou ele, acima de tudo, era o triunfo da segunda linha, dos desonestos, dos ignorantes; o fato de esse triunfo ocorrer com monótona regularidade era um dos mistérios da vida e ele sabia muito bem que ao enfrentá-lo corria o risco de sucumbir ao mesmo desespero que tornava a literatura da negatividade tão impotente. Tempo demais entre os fariseus e de menos com o diabo em si; era assim que a questão do mal tinha passado a interessá-lo, falou. Ele tinha apenas vinte e seis anos — sabia, disse ele, que parecia bem mais velho — e quando aludira àqueles escritores que pareciam não ter nenhum plano maior e que alegavam nem sequer saber o que aconteceria no livro que estavam escrevendo atualmente, como se seu trabalho fosse resultado não de pensamento cuidadoso ou competência artística ou simples esforço, mas de inspiração divina ou, pior, imaginação, não estava descrevendo a si mesmo. Ele não começava um texto sem saber exatamente onde este ia dar, da mesma forma que não saía de casa sem saber qual seria o seu destino ou sem as chaves e a carteira. Essas afirmações eram a praga da nossa cultura, disse ele, porque imputavam às artes uma espécie de miolo mole, enquanto homens e mulheres de outras áreas se orgulhavam da sua disciplina e competência. Supunha, disse ele, que eu fosse concordar com essa avaliação, já que deduzira a partir do meu trabalho que, se eu possuía alguma imaginação, tinha o bom senso de mantê-la bem escondida.

"E não existe esconderijo melhor", disse ele, "do que num lugar o mais próximo possível da verdade, algo que todos os bons mentirosos sabem."

Ele estava olhando para algo acima do meu ombro e ao me virar vi a assistente em pé ali. Ela lamentava muito, falou, mas a entrevista já tinha passado do tempo previsto e, como a entrevista seguinte era para a televisão e envolvia uma cronometragem precisa, nós teríamos de concluir esta conversa. O jornalista na mesma hora começou a protestar com ela e seguiu-se um longo diálogo no qual ele falou muito rápido e enfaticamente e ela respondeu muito devagar, repetindo determinadas expressões e meneando a cabeça com um pesar pleno de empatia, até ele por fim começar irritadamente a juntar seus livros e anotações e guardá-los de volta dentro da pasta. Seu treinamento com a companhia aérea, disse-me ela enquanto me conduzia em direção aos elevadores, tinha se mostrado útil naquele emprego mais vezes do que ela poderia ter imaginado. Precisava admitir que esse jornalista era um de seus maiores desafios e as entrevistas com ele quase sempre terminavam com a mesma discussão, já que ele parecia levar muito tempo para chegar a fazer uma pergunta e, quando o fazia, descobria que quem tinha a melhor resposta era ele próprio. Ela revirou os olhos de leve e apertou o botão para chamar o elevador. Na verdade tinha estudado na mesma escola que ele, acrescentou, e muitas vezes o via em eventos de família, mas sempre que eles se encontravam por causa do trabalho ele fingia não conhecê-la. Em casa ele é muito educado e agradável, falou com um ar de nostalgia, e também o único disposto a conversar com as avós, que passam horas a fio escutando o que ele diz.

O hotel tinha autorizado a montagem de um estúdio temporário no subsolo, disse ela enquanto o elevador descia, e embora ele não parecesse tão profissional quanto o seu set habitual a ilusão na verdade era bem convincente. Saímos para um espaço grande, de pé-direito baixo, onde várias pessoas estavam ocupadas ajeitando fios e luzes em meio a pilhas de equipamento de filmagem. No canto mais afastado, cercado por paredes nuas de concreto e *cases*, uma pequena parte de um cômodo tinha sido recriada, com estantes altas, quadros e um tapete persa puído sobre o qual duas cadeiras antigas tinham sido dispostas num ângulo propício para conversar. Várias luzes muito fortes apontadas para lá lhe davam o aspecto de uma ilha dourada revestida de livros, com os homens trabalhando numa espécie de penumbra de um purgatório fora dos seus limites. Uma mulher esbelta, com um rosto largo e pálido cuidadosamente maquiado para o vídeo, se aproximou de nós e estendeu a mão. Estava usando uma blusa de gola alta e mangas compridas com botões, e seus cabelos louro-claros compridos e abundantes estavam puxados e alisados para trás num rabo de cavalo, como uma princesa estudiosa que morasse na ilha revestida de livros. Era ela quem faria a entrevista, disse em inglês, e depois de os homens resolverem um pequeno problema com o equipamento de som provavelmente poderíamos começar. Ela se virou e disse algo para a assistente e as duas passaram um tempo conversando entre si, às vezes rindo e pousando a mão no braço uma da outra, enquanto os homens calados e concentrados trabalhavam no equipamento, plugando e desplugando longos fios estendidos pelo piso e revirando os grandes *cases* pretos das câmeras que jaziam abertos à sua volta no chão. A entrevistadora pouco depois disse que eles queriam que ocupássemos nossos lugares, então fomos nos sentar nas cadeiras antigas cercadas por estantes, onde a luz forte fazia tudo em volta mergulhar na penumbra, transformando os operadores de câmera em silhuetas escuras a se mover pela sombra parda. Um homem que era obviamente o diretor estava parado bem no limite da luz, dando instruções para a entrevistadora enquanto ela meneava a cabeça devagar, olhando de vez em quando para mim com o rabo do olho pintado e me abrindo um sorriso cúmplice.

Os técnicos estavam nos pedindo para conversar, disse-me ela, para poderem ajustar os níveis do som e entender qual era o problema. Tinham nos dito para falar simplesmente o que tínhamos comido de café da manhã hoje, disse ela, embora provavelmente houvesse coisas mais interessantes sobre as quais poderíamos conversar. Ela estava torcendo para a nossa conversa se concentrar no problema do reconhecimento das escritoras e artistas mulheres; talvez eu tivesse algumas ideias sobre esse tema que pudesse compartilhar com ela, de modo que ela pudesse ter certeza de fazer as perguntas certas na entrevista. O assunto decerto não era novo para mim, mas os espectadores poderiam muito bem nunca ter pensado que as mesmas desigualdades que existiam em casa e no mercado de trabalho pudessem influenciar o que lhes era apresentado como arte, de modo que ela não via motivo para não insistir mais um pouco na questão. E é claro que era verdade, acrescentou, que poucas mulheres notáveis chegavam a ser reconhecidas, ou pelo menos não antes de se considerar que elas não representavam mais um perigo público por terem se tornado feias ou morrido. A artista Louise Bourgeois, por exemplo, tinha de repente ficado na crista da onda nos últimos anos e sido enfim autorizada a sair do armário e ser vista, enquanto seus colegas homens tinham estado o tempo inteiro sob os holofotes, entretendo o público com seu comportamento grandioso e autodestrutivo. Apesar disso, quando se olhava para o trabalho de Louise Bourgeois, dava para ver que seu tema era a história privada do corpo feminino, sua supressão, sua exploração e suas transfigurações, sua terrível maleabilidade como forma e sua capacidade de criar outras formas. Era tentador pensar, disse ela, que o talento de Bourgeois dependia do anonimato das suas experiências; em outras palavras, que se ela tivesse sido reconhecida como artista quando mais jovem talvez não tivesse tido por que refletir sobre os mistérios ignominiosos de sua vida como mulher e em vez disso teria frequentado festas e posado para capas de revista junto com os outros. Em muitos trabalhos, disse ela, realizados quando Bourgeois era mãe de filhos pequenos, ela retrata a si mesma como uma aranha e o interessante nesses trabalhos não é apenas o que eles transmitem em relação à condição da maternidade — em distinto contraste, disse ela, com a visão masculina perene da madona plena e extática — mas também o fato de eles parecerem desenhos infantis feitos pela mão de uma criança. É difícil pensar, disse ela, num exemplo melhor de invisibilidade feminina do que esses desenhos, nos quais a própria artista desapareceu e que existem apenas como o monstro benigno da percepção do filho. Muitas artistas mulheres, disse ela, praticamente ignoraram sua feminilidade e pode-se supor que essas mulheres acharam mais fácil obter o reconhecimento, talvez por lançarem um véu sobre temas que os intelectuais homens consideram de mau gosto ou talvez apenas por terem decidido não cumprir o próprio destino biológico e, portanto, terem tido mais tempo para se concentrar no trabalho. É compreensível, disse ela, que uma mulher de talento possa se ressentir de ser fadada a abordar o tema do feminino e possa buscar liberdade se relacionando com o mundo de outras maneiras; mas a imagem da aranha de Bourgeois, disse ela, parecia quase repreender a mulher que fugiu desses temas e deixou o restante de nós, por assim dizer, enredado em nossas teias.

Ela parou de falar por alguns instantes e olhou com uma expressão interrogativa em direção às luzes das câmeras, para além das quais os homens estavam reunidos numa conferência nas sombras, com os braços cheios de cabos. O diretor balançou a cabeça e ela arqueou uma sobrancelha perfeitamente desenhada e então tornou a olhar para mim devagar.

Eu me lembro, continuou, quando era menina, de tomar consciência de que determinadas coisas tinham sido decididas para mim antes mesmo de eu começar a viver e de que eu já tinha recebido a mão perdedora enquanto meu irmão tinha ficado com as cartas vitoriosas. Seria um erro, eu vi, tratar essa injustiça como se fosse normal, como todas as minhas amigas estavam dispostas a fazer; e não foi tão difícil assim tirar proveito dessa situação, disse ela, pois o menino que recebe todas as cartas talvez seja também um tantinho complacente, além de ter um grande ponto de interrogação no formato da coisa entre as suas pernas, com a qual precisa entender o que fazer. Esses meninos, disse ela, tinham as atitudes mais ridículas possíveis em relação às mulheres, que aprendiam pelos exemplos dados pelos pais, e eu via o jeito como minhas amigas se defendiam dessas atitudes, tornando-se tão perfeitas e inofensivas quanto possível. Mas aquelas que não se defendiam eram igualmente ruins, pois ao se negarem a se conformar com esses padrões de perfeição elas estavam em certo sentido se desqualificando e se distanciando do tema como um todo. Mas logo passei a ver, disse ela, que na verdade não havia nada pior do que ser um macho branco mediano de talentos e inteligência medianos; até mesmo a mais oprimida dona de casa, disse ela, está mais próxima do drama e da poesia da vida do que ele, porque como nos mostra Louise Bourgeois ela pelo menos é capaz de ter mais de um ponto de vista. E era verdade, disse ela, que várias meninas estavam alcançando o sucesso acadêmico e cultivando ambições profissionais, a ponto de as pessoas terem começado a sentir pena desses meninos medianos e a se preocupar que seus sentimentos estivessem sendo feridos. No entanto bastava olhar um pouquinho adiante, disse ela, para ver que as ambições das meninas não conduziam a lugar algum, do mesmo modo que as ruas nas quais você muitas vezes se vê aqui neste país, que começam novas, largas e lisinhas e então simplesmente param no meio do nada, porque o dinheiro do governo para terminar de construí-las acabou.

Ela fez outra pausa e relanceou os olhos para o diretor, que fez um gesto com o polegar para baixo e indicou que ela seguisse falando. Ela ajeitou cuidadosamente atrás da orelha uma mecha dos cabelos lisos e amarelo-claros e em seguida uniu as mãos no colo.

Mais ou menos nessa época, falou, comecei a descobrir o mundo da literatura e da arte e nele encontrei muitas das informações de que precisava, informações que a minha mãe tinha deixado de me transmitir, talvez na esperança de que de alguma forma eu conseguisse atravessar ignorante e ilesa aquele campo minado e de que, se ela me alertasse em relação aos perigos, eu talvez ficasse com medo e desse um passo em falso. Me esforcei para estudar com afinco, disse ela, e obter as melhores notas, mas por mais duro que eu desse sempre tinha um menino lá, no mesmo nível que eu, que não parecia estar tão sem fôlego e levava as coisas no seu próprio ritmo; de modo que eu passei a cultivar a arte da indiferença, disse ela, e sempre dava a impressão de ser menos bem-preparada do que era até o dia em que constatei que essa impressão tinha se tornado uma realidade e que eu podia conquistar mais ainda deixando algumas coisas a cargo do acaso e fazendo uma aposta, como uma criança ao tirar as rodinhas da bicicleta e se ver pedalando sem apoio pela primeira vez. Eu também aproveitava as atenções masculinas, disse ela, ao mesmo tempo me certificando de nunca me comprometer com nenhum homem específico nem pedir qualquer compromisso em troca, pois entendia que isso era uma armadilha e que eu ainda poderia gozar de todos os benefícios de um relacionamento sem cair nela. Em determinado momento me ocorreu que eu poderia até ter um filho, disse ela, sem necessariamente me comprometer das maneiras habituais. Mas eu na verdade não queria um filho, disse ela, apesar de as minhas amigas estarem tendo e quase não conseguirem falar sobre outro assunto, pois me parecia já haver muitas crianças, disse ela, e se eu conseguisse me virar sem elas então deveria pelo menos tentar. Não parecia suficiente, disse ela, simplesmente passar o bastão para a corredora seguinte na esperança de que ela vencesse a corrida para mim.

O trabalho que eu faço, disse ela, encarando-me firmemente com seus olhos azuis límpidos e amendoados, é sob muitos aspectos superficial já que envolve ser olhada, e parte do motivo para me darem esse trabalho é a minha capacidade de manipular minha aparência. Eu tenho um equivalente homem no programa, disse ela, de quem não se exige um aspecto atraente, mas não tenho o menor interesse nesse exemplo de desigualdade. O que me interessa é o poder, disse ela, e o poder da beleza é uma arma útil que as mulheres muitas vezes desdenham ou usam de maneira equivocada. A minha base são principalmente as artes visuais, mais do que as literárias, disse ela, pois é ali que essas políticas são decididas e onde as batalhas da vida são majoritariamente travadas, e é ali também, disse ela, que a natureza da superioridade masculina está mais exposta. Na universidade, fui modelo vivo para os alunos de artes por um tempo, disse ela, em parte para ganhar dinheiro e em parte para dar visibilidade a esse tema do corpo feminino, porque quase me parecia que até mesmo ao me vestir eu estava convidando o mistério a se enraizar ali, debaixo das minhas roupas, e a tecer a teia de submissão na qual eu mais tarde poderia ficar presa. Eu estudava história da arte, disse ela, e meu trabalho de conclusão de curso teve como tema o trabalho da artista britânica Joan Eardley, cuja posição me parecia um exemplo da tragédia da autoridade feminina, embora de modo muito diferente da de Louise Bourgeois ou até mesmo da poeta Sylvia Plath, que permanece como um alerta para todas nós do preço a ser pago pelo cumprimento do nosso destino biológico. Joan Eardley se escondeu numa ilha minúscula ao largo da Escócia, disse ela, onde documentou a selvageria da natureza, dos penhascos, do mar revolto e do céu, sempre parecendo à beira de alguma violência ou turbulência indizível, disse ela, como se estivesse tentando localizar a borda do mundo em si. Ela também passava algum tempo na cidade de Glasgow, onde desenhava e pintava as crianças de rua, cuja pobreza e alegria deprimente era incapaz de observar de modo inteiramente desprovido de sentimento; desenhava-as de modo obsessivo e ao que parece também se envolvia em suas vidas, mais ou menos como Degas assombrava o mundo de suas bailarinas, disse ela, com a diferença que Joan Eardley não era homem e portanto sua visão parece perturbadora e estranha em vez de familiar e legítima. Em suas visitas aos barracos de Glasgow ela também pintou alguns homens, pessoas que encontrava nas ruas ou nas casas de cômodos, e novamente tratou esses temas como fizeram alguns dos célebres artistas homens. Há um quadro de Eardley, disse ela, de um nu masculino dormindo numa cama: deitado de lado, seu corpo cinza, ossudo e desnutrido é inteiramente revelado e a cama é tão estreita e desconfortável quanto um caixão. Esse quadro, disse ela, é diferente de qualquer coisa que eu jamais tenha visto uma mulher pintar e em parte devido a suas grandes dimensões parece adotar a visão mais pessimista possível da vida, de modo que quase consegue negar toda a história de homens que pintaram mulheres em poses assim. O páthos desse corpo adormecido, disse ela, sua ausência de promessa ou possibilidade, é totalmente chocante, e de fato o quadro na época causou escândalo devido à semelhança entre esse homem e as vítimas dos campos de concentração com cujas imagens o mundo havia se familiarizado alguns anos antes. Apesar desse escândalo, contudo — que bizarramente resultou em vários homens aparecendo na porta de Eardley e se oferecendo como seu próximo modelo de nu, disse ela —, a obra de Eardley permanece não reconhecida e a sua vida, que até onde pude verificar não tinha sexo e com certeza era sem filhos e solitária, terminou com uma doença agoniante aos quarenta e dois anos de idade. Foi uma vida sem ilusão, disse ela, e me parece que ainda é impossível uma mulher viver sem ilusão, pois o mundo vai simplesmente esmagá-la.

No meu caso, disse ela, lutei para ocupar uma posição onde talvez possa corrigir algumas dessas injustiças e ajustar os termos do debate até certo ponto promovendo o trabalho de mulheres que considero interessantes. Mas essa posição me dá cada vez mais a sensação de estar em pé numa pequena rocha no oceano que vai ficando menor a cada minuto conforme a água sobe, disse ela. Nenhum território foi demarcado, falou, então não há lugar algum onde eu possa dar um passo e ainda sentir a terra sob meus pés. Talvez ainda seja o caso, disse ela, de que, para uma mulher ter um território, ela precise viver como a aranha de Bourgeois, a menos que ela esteja disposta a acampar no território masculino e respeitar as suas regras. Ainda existem apenas dois papéis, disse ela, o de modelo e o de artista, e a alternativa, disse ela, ao mesmo tempo que os homens que se moviam na penumbra começaram a balançar a cabeça uns para os outros e o diretor erguia as mãos num gesto de desespero, é desaparecer dentro de alguma crença filosófica e assim encontrar um abrigo. Ela inclinou a cabeça para ouvir algo que o diretor lhe dizia, então virou-se para mim com as sobrancelhas finas e elegantes excessivamente erguidas.

"Parece extraordinário", falou, "todos esses homens juntos não conseguirem solucionar o problema, mas estão dizendo que vão ter de levar o equipamento de volta para o estúdio para consertá-lo. É muito decepcionante", disse ela, levantando-se da cadeira e começando a soltar da roupa o fio do microfone, "e, levando em conta o tema da nossa conversa, não deixa de ser uma ironia."

A terceira entrevista seria a última, disse a assistente quando estávamos subindo de novo a escada, e ela torcia para ser mais bem-sucedida do que as outras duas. Achava que Paola tinha feito reserva para depois almoçarmos num restaurante, então com sorte eu teria uma oportunidade para relaxar antes de voltar à conferência. Chegamos ao lobby, onde Paola falava ao telefone sentada em seu banquinho. Ela acenou e revirou os olhos e a assistente me conduziu outra vez até o sofá onde acontecera a primeira entrevista e onde um homem aguardava, embora na verdade, quando chegamos perto, eu tenha visto que ele mal passava de um menino. Estava sentado com leveza na borda do assento, vestido com uma camiseta branca e uma calça jeans desbotada e segurando frouxamente um boné de beisebol, com uma expressão de inocência levemente aflita no rosto como a de um santo jovem numa imagem religiosa. Ele se levantou num pulo para apertar minha mão, então acenou educado para eu me sentar antes de tornar a se acomodar. Seus cabelos castanhos caíam em cachos em volta dos traços inocentes e quase femininos e os olhos de um castanho mais escuro estavam cravados nos meus com uma ânsia infantil.

"Fico me perguntando", disse ele depois de algum tempo, "se você alguma vez já pensou em como seria morar num lugar com sol. Tive essa ideia lendo seu livro", acrescentou. "Um dos personagens conta como morou a vida inteira na chuva e no frio e como estar no sol mudou seu temperamento. Fiquei pensando se seria a mesma coisa para você."

Eu disse que provavelmente nem valia a pena pensar nisso, já que morar no sol não era algo que estivesse nos meus planos.

"Mas por que não?", perguntou ele.

Ficamos sentados nos entreolhando.

"Eu pensei nisso", disse ele, "e acho que seria a coisa certa para você fazer."

Perguntei onde ele me sugeria morar.

"Aqui", respondeu ele com simplicidade. "Você seria muito feliz. Ninguém a incomodaria. As pessoas a tratariam muito bem. Você não teria nem que aprender a língua", disse ele, "porque todo mundo fala inglês e aceita que é assim que as coisas são. Nós cuidaríamos de você", disse ele, "e tudo seria mais fácil. Você não precisaria mais sofrer. Poderia arrumar uma casa no litoral, perto do mar. Sentiria calor e ficaria com a pele morena. Eu pensei nisso", repetiu ele, "e não vejo nenhuma desvantagem."

Nos confins escuros do lobby pessoas estavam paradas, sentadas ou se movendo, visíveis mas a uma distância intransponível, como se estivessem debaixo d'água. Havia um murmúrio constante de vozes no qual não se podia distinguir nenhuma palavra específica. Às vezes um grupo se afastava e era substituído por outro, e quando as pessoas entravam e saíam com suas malas pelas portas de vidro fumê a realidade extraordinária da rua quente, ofuscante e imóvel lá fora podia ser vista momentaneamente.

Eu disse não ter certeza de que fosse importante onde ou como as pessoas viviam, uma vez que a sua natureza individual criava as próprias circunstâncias; era um tipo de presunção arriscado, falei, reescrever o próprio destino mudando seu cenário; quando isso acontecia com as pessoas contra a sua vontade, a perda do mundo conhecido — fossem quais fossem as suas características — era uma catástrofe. Meu filho certa vez tinha me confessado, falei, que quando era mais novo desejou desesperadamente pertencer a outra família, por exemplo a família de um amigo com a qual em determinado momento passava bastante tempo. Essa família era grande, barulhenta e descontraída e havia sempre lugar para ele à mesa onde eram servidas lautas e reconfortantes refeições e onde tudo era conversado porém nada debatido, de modo que não havia perigo de passar para o outro lado do espelho, como ele tinha dito, e adentrar o doloroso estado de autoconsciência em que as ficções humanas perdem sua credibilidade.

Era esse o estado que ele sentia que a nossa família fora forçada a adotar, falei, e por um tempo ele havia feito tudo ao seu alcance para se agarrar a essas ficções, insistindo nas antigas rotinas e nas antigas tradições, muito embora o que elas representassem não estivesse mais ali. No final, falei, ele desistiu e começou a se ausentar cada vez mais e a passar todo seu tempo com essa outra família, como eu já tinha dito, e a se recusar a fazer qualquer refeição em casa, pois o simples fato de se sentar em volta da mesa, confessou ele mais tarde, o fazia se sentir soterrado pela tristeza e pela raiva devido ao que tinha se perdido. Mas depois, falei, chegou uma hora em que ele não ficava mais o tempo todo na casa dessa outra família, a ponto de os pais começarem a perguntar por ele e a convidá-lo para eventos familiares, de modo que ele temeu tê-los perturbado ou ofendido ao aparecer menos. A verdade era que ele não queria mais ir lá porque as mesmas coisas que um ou dois anos antes tinha achado acolhedoras e reconfortantes agora achava opressivas e irritantes; aquelas refeições eram um jugo, ele agora via, com a qual os pais buscavam prender os filhos a si e, na sua visão, perpetuar o mito da família; cada movimento do seu amigo era submetido ao escrutínio parental e suas escolhas e julgamentos, ao julgamento dos pais, e foi esse último elemento — o julgamento — que meu filho achou mais repulsivo e o fez se afastar da casa para não ser ele também submetido àquilo. Ao convidarem-no para voltar, começou a ver que a história da sua presença lá não tinha sido tão unilateral quanto ele pensava: na sua necessidade do consolo que eles ofereciam, deixara de ver que eles também precisavam dele como testemunha — e talvez até como prova — da sua felicidade familiar. Chegou a se perguntar, amargamente, se eles tinham apreciado o espetáculo da infelicidade dele porque ela afirmava a superioridade do seu próprio modo de vida; mas no fim, disse eu, ele recuou dessa avaliação dura e voltou a aceitar seus convites, não sempre mas com frequência suficiente para ser cortês. Reconhecia que ao aceitar ser reconfortado havia criado uma responsabilidade em relação a eles; e essa consciência, falei, o tinha levado a considerar a verdadeira natureza da liberdade. Ele compreendia ter aberto mão de uma parte da própria liberdade por meio de um desejo de evitar ou aliviar o próprio sofrimento e embora a troca não parecesse de todo injusta eu achava que ele não faria mais isso com a mesma facilidade.

O jornalista havia escutado isso tudo com a mesma expressão de inocência paciente no rosto.

“Mas por que é tão ruim depender dos outros?”, indagou ele. “Nem todo mundo é cruel. Talvez você só não tenha tido sorte”, falou.

Havia uma palavra na sua língua, falei, que era difícil de traduzir mas que podia ser resumida como sentir falta de sua casa mesmo estando no seu próprio lar, em outras palavras, como uma tristeza sem motivo. Esse sentimento talvez fosse o que um dia tinha levado seu povo a percorrer o mundo em busca do lar que pudesse curá-lo. Talvez encontrar esse lar significasse encerrar a busca, falei, mas é com a própria sensação de deslocamento que a verdadeira intimidade se desenvolve e isso constitui, por assim dizer, a história. Seja qual tipo de anseio for esse, falei, ele tem a mesma natureza da bússola, e o dono dessa bússola deposita nela toda sua fé e vai aonde ela lhe diz para ir apesar das aparências lhe dizerem o contrário. É impossível para essa pessoa alcançar a serenidade, falei, e ele poderia passar a vida inteira se maravilhando diante dessa qualidade nos outros ou sem compreendê-la, e talvez o melhor que possa esperar seja fazer uma boa imitação dela, como alguns adictos aceitam que, embora não se livrem jamais de seus impulsos, podem viver com eles sem convertê-los em ação. O que uma pessoa assim não consegue tolerar, falei, é a sugestão de que as suas experiências não tiveram origem em condições universais, mas podem, isso sim, ser atribuídas a circunstâncias específicas ou excepcionais, e que o que ela estava tratando como verdade de fato não passa de sorte pessoal; não mais do que o adicto, falei, deveria acreditar poder recuperar a inocência em relação a coisas das quais já possui um conhecimento fatal.

"Onde ele está agora", disse o jornalista, "esse filho sobre quem você falou?"

Eu disse que ele tinha decidido ir morar com o pai por um tempo, e embora não se pudesse dizer que eu estivesse feliz sem ele, torcia para que encontrasse o que estava buscando.

"Mas por que você o deixou ir?", perguntou ele.

Se eu tinha dado liberdade aos meus filhos, falei, não podia começar a ditar seus termos.

Ele meneou a cabeça numa aquiescência pesarosa.

"Mesmo assim", disse ele, "em determinado momento você também tem liberdade para decidir morar na chuva ou morar no sol. Nós cuidaríamos bem de você", repetiu. "Não precisaria ver ninguém se não quisesse. Mas as pessoas aqui lhe dariam valor. Eu ainda acredito que você não teve sorte", disse ele, "e que se vivesse aqui neste país suas experiências teriam sido outras. O personagem do seu livro", disse ele, "percebe que a umidade que existiu dentro dele a vida inteira está começando a secar e que isso talvez seja uma oportunidade de viver pela segunda vez. Só que ele não pode, porque tem família no seu país de origem e seus filhos ainda são pequenos. Além do mais, ele acredita que a identidade nacional é a parte do seu temperamento de onde veio seu sucesso. Se ele não a tivesse, seria igual a todos os outros e teria de competir com eles nos mesmos termos, e lá no fundo ele sabe que não tem talento para vencer. Mas você", disse-me ele, "não pertence a lugar nenhum, então está livre para ir aonde quiser."

A assistente se aproximou timidamente e disse que estava na hora de a entrevista acabar e de Paola e eu sairmos para o restaurante. Além disso, queria saber se eu acharia muito ruim autografar dois dos meus livros para os seus filhos, como havia mencionado antes. Tirou os livros de uma sacola de supermercado, pousou cuidadosamente uma caneta por cima e os estendeu para mim. Autografei os livros, com a assistente soletrando para mim o nome das crianças. O terceiro entrevistador se levantou para ir embora enquanto Paola, ainda sentada em seu banquinho e falando no celular, apontava para o telefone e então erguia o dedo no ar. Pouco depois, jogou o aparelho na bolsa, levantou-se do banquinho com um pulo e veio se juntar a nós. A assistente lhe relatou os acontecimentos da manhã e ela escutou enquanto tornava a pegar o celular na bolsa e digitava algo rapidamente na tela. Então olhou para o relógio e se virou para mim. Disse que tinha reservado um restaurante na parte antiga da cidade; minha tradutora, uma mulher chamada Felícia, nos encontraria lá. Se eu preferisse poderíamos pegar um táxi, disse ela, ou se eu não me importasse com o calor poderíamos ir a pé, já que tínhamos tempo suficiente.

"Seria bom caminhar, não?", disse ela, com os olhinhos parecidos com botões brilhando de animação.

Depois do frio e da penumbra sepulcrais do lobby, o calor na calçada do lado de fora foi um choque momentâneo. Uma poeira clara pairava no ar seco e latejante sob o feroz azul do céu. A rua estava deserta, com exceção de um grupo de funcionários de escritório em pé do outro lado, no retângulo da sombra do edifício, fumando e conversando. Um ou dois gatos jaziam deitados de lado nos espaços escuros sob os carros estacionados. Um barulho de tráfego distante e de máquinas de um canteiro de obras em algum lugar próximo formava um zumbido constante ao fundo. Saímos andando pela calçada e Paola se movia com uma rapidez surpreendente apesar da estatura diminuta e das finas sandálias douradas que calçava. Tinha cinquenta e poucos anos, mas seu rosto liso e travesso com aqueles olhos brilhantes era quase infantil. Suas roupas eram feitas de um material leve e fluido dentro do qual seu corpo pequeno, sólido e vigoroso podia andar livremente e ela balançava os braços com os finos cabelos castanhos esvoaçando atrás de sua cabeça.

"Eu adoro caminhar", disse ela. "Aqui vou a pé a todo lugar. Me dá um imenso prazer", disse ela, "ver as pessoas presas em seus carros enquanto eu estou livre." A capital, como eu devia saber, era conhecida por seu terreno íngreme. "Estou subindo ou descendo", disse ela. "Nunca parada no meio."

Antes tinha um carro, mas era tão raro dirigir que vivia esquecendo onde o havia estacionado da última vez. Então um dia, quando precisou usá-lo, descobriu que alguém tinha batido nele.

"Eu devo ser a única pessoa", falou, "que conseguiu dar perda total no carro sem estar sequer sentada dentro dele. Ficou inteiramente destruído", disse ela, "então eu simplesmente o deixei ali e fui embora."

O subúrbio onde eu estava hospedada parecia muito longe dali, disse ela, mas na verdade ficava a não mais de meia hora a pé, se você soubesse que caminho pegar; só parecia bem mais distante por causa das peculiaridades do sistema rodoviário e da falta de transporte público. Apesar disso, parecia tão isolado que ao longo dos anos ela já tinha escutado várias histórias — algumas bem divertidas — de autores indo embora sem avisar ou tentando fugir.

"Mas na verdade", disse ela, "desde o começo você estava muito perto da civilização."

Muita gente ficava incapacitada com o calor da cidade, acrescentou ela, mesmo quem tinha passado a vida inteira morando ali, mas ela própria havia aprendido a arte de conservar energia e não desperdiçá-la lutando com forças que não podia controlar. Quando seu filho era pequeno, por exemplo, acordava cedo de modo que ele sempre a encontrasse inteiramente vestida na cozinha, preparando o café da manhã e pronta para o dia; ela o levava à creche, conversando animadamente por todo o caminho, e após deixá-lo voltava imediatamente para casa, tornava a tirar todas as roupas e entrava direto na cama para dormir. Suas caminhadas prodigiosas eram contrabalançadas por períodos nos quais ela com frequência permanecia totalmente estática por horas a fio literalmente, como um réptil, disse ela, que não gasta sequer a energia necessária para piscar os olhos. Fazia trinta e cinco anos que morava ali, falou, em resposta à minha pergunta, após passar a infância na remota região norte do país.

"Lá tudo é água", falou. "O céu vive pesado e os rios estão cheios e por toda parte há o barulho de água pingando, escorrendo e se derramando, de modo que quando está lá você fica quase hipnotizada."

Recentemente ela havia voltado e passado algumas semanas lá porque sua mãe estivera doente.

"Foi muito estranho me ver novamente naquele ambiente aquático", falou, "com o barulho da chuva caindo, dos rios descendo os morros depressa em direção ao mar, a grama molhada por toda parte e as árvores pesadas pingando. Depois de um tempo comecei a me lembrar de coisas que esquecera completamente", disse ela, "a ponto de começar a parecer que toda a minha vida de adulta tinha sido um sonho. Me senti quase desaparecendo", falou, "como se aquele lugar pudesse simplesmente me levar de volta para dentro dele. Um dia eu estava sentada lendo na beira do rio", disse ela, "exatamente como costumava fazer quando era uma menina de doze ou treze anos, e tudo que tinha feito desde então de repente pareceu completamente questionável, já que tinha apenas me levado de volta outra vez para aquele mesmo exato lugar."

Ao voltar para a cidade depois disso, ela havia passado várias semanas num estado próximo do êxtase e havia percorrido a pé cada centímetro dela sem conseguir se fartar da sensação conhecida das pedras quentes sob os pés.

"Como um casal na segunda lua de mel", disse ela. "Só que, ao contrário do meu casamento, este daqui durou. Além disso, foi melhor para a minha saúde."

Felizmente seu ex-marido passava pouco tempo na cidade, disse ela, já que era regatista e vivia no mar.

"Eu o chamo de Bucaneiro", disse ela. "Quando ele aparece na cidade à minha procura, tomo cuidado para ser difícil de encontrar."

Ela tinha só um filho com o marido, um menino de catorze anos. Os dois já estavam separados antes de a criança nascer.

"Na verdade ele nem sabia que eu estava grávida", disse ela, "já que eu escondi dele a gravidez o quanto pude, pois sabia que, caso contrário, nunca teria conseguido me afastar. E, quando ele acabou descobrindo, eu de fato tive que me esconder, pois tenho certeza de que ele teria tentado me matar. Reconheço que foi egoísmo da minha parte", disse ela, "engravidar assim de propósito como fiz. Mas eu estava com quarenta anos e era realmente a minha última chance."

Fora difícil para o seu filho lidar bem com o pai, cujas longas ausências e presenças dramáticas eram muito desestabilizadoras e cujo estilo de vida era ao mesmo tempo brutal e cheio de glamour, enquanto a existência de Paola, por necessidade, envolvia todos os aspectos mundanos da rotina doméstica. O pai dele tinha várias namoradas, todas muito jovens e muito lindas, enquanto eu, disse Paola, estou ficando velha e mal me pareço mais uma mulher.

"Não tenho mais interesse em ter um homem", disse ela. "Meu corpo está pedindo privacidade. Ele gosta de se esconder debaixo destas roupas largas, como se estivesse coberto pelas cicatrizes mais desfigurantes. Ele finalmente jogou fora minha crença da vida inteira no amor romântico", disse ela, "porque mesmo aos cinquenta anos eu tinha de algum jeito conservado a ideia de encontrar meu companheiro de verdade, como se ele fosse o herói de um romance que não tivesse comparecido ao encontro marcado e precisava ser localizado antes do final da história. Mas meu corpo pensa diferente", disse ela, "e ele exige ser deixado em paz."

Vínhamos descendo um morro por uma sucessão de vielas estreitas e estávamos agora passando por ruas mais largas e margeadas de árvores que às vezes, nos cruzamentos, proporcionavam vislumbres de praças agradáveis com chafarizes e igrejas. Aquela era uma parte muito antiga da cidade, disse Paola, que apenas dez anos antes vivia mergulhada em miséria e descaso, mas agora tinham gastado dinheiro e aquele bairro estava ficando em voga, com lojas e restaurantes novos abrindo e até mesmo empresas começando a se transferir para lá. As lojas eram as mesmas que se viam nos centros das cidades mundo afora e os bares e cafés eram versões turísticas de si mesmos, como inevitavelmente acontecia em toda parte, de modo que aquela regeneração, disse ela, está começando a se parecer um pouco com uma máscara mortuária. A Europa está morrendo, disse ela, e como cada parte individual vem sendo substituída quando morre, está se tornando cada vez mais difícil saber o que é falso e o que é real, então talvez nós só venhamos a perceber quando tudo tiver desaparecido.

Ela olhou para o relógio e disse que ainda tínhamos um pouco de tempo antes de precisarmos estar no restaurante; se eu não me importasse, havia um lugar não muito longe dali que ela pensava que podia me interessar. Partimos novamente, num passo mais acelerado ainda do que antes, com os cabelos finos e compridos de Paola esvoaçando atrás dela e sua túnica prateada estalando e rodopiando.

"É um pouco estranho isso que nós vamos ver", disse ela enquanto caminhávamos. "Eu encontrei por acaso alguns anos atrás. Estava passando por perto e a tira da minha sandália quebrou, então precisei de um lugar para sentar e consertá-la. Vi que essa igreja estava aberta e entrei sem dar a menor importância, e levei um baita susto."

Uns cinquenta anos antes, disse ela, a igreja fora consumida por um incêndio terrível certa noite, tão intenso que as próprias pedras tinham se levantado e o chumbo das janelas, derretido, e dois bombeiros tinham perdido a vida tentando apagá-lo. Em vez de restaurar a igreja, porém, decidiu-se reparar apenas os aspectos estruturais do edifício, que continuava a ser usado como local de culto regular apesar do caráter extremo e perturbador da sua aparência e dos acontecimentos violentos que essa aparência testemunhava.

"O interior é totalmente negro", disse ela, "e as paredes e o teto são deformados como o interior de uma caverna nos pontos em que as camadas de pedra se expandiram, e o fogo, mesmo tendo devorado todos os quadros e estátuas que havia lá dentro, deixou por cima de tudo uma pátina própria na qual as pessoas acreditam ser possível ver imagens fantasmagóricas. Por toda parte há estranhas formas parciais que lembram cera derretida, e em outros lugares, áreas peladas nas quais as pedras foram rachadas ao meio pelo calor, e plintos e alcovas vazios onde faltam coisas, e a textura de tudo se encontra tão densamente afetada que quase não parece mais fabricada pelo homem, como se o trauma do incêndio a houvesse transformado numa forma natural. Eu não sei por quê", disse ela, "mas acho essa visão extremamente comovente. O fato de a igreja ter podido continuar no seu verdadeiro estado", disse ela, "quando todo o resto em volta foi substituído e limpo, tem um significado que não consigo de todo compreender ou articular, mas mesmo assim as pessoas continuam indo lá e agindo como se tudo estivesse normal. No início eu achei que alguém tivesse cometido um erro terrível", disse ela, "ao deixá-la ficar assim, como se pensassem que ninguém fosse reparar no que tinha acontecido, e quando vi gente lá dentro rezando ou assistindo à missa pensei que fosse de fato possível essas pessoas de algum modo não terem reparado. E isso me pareceu tão horrível que eu quis gritar com todo mundo lá dentro e forçá-los a olhar para as paredes pretas e para o vazio. Mas então percebi", disse ela, "que, em determinados lugares onde antes obviamente havia estátuas, luzes novas tinham sido instaladas para iluminar os espaços vazios. Essas luzes", disse ela, "tinham o estranho efeito de fazer você ver mais coisas no espaço vazio do que teria visto se ele estivesse preenchido por uma estátua. Então compreendi", disse ela, "que aquele espetáculo não era resultado de alguma negligência ou mal-entendido monstruoso, e sim a obra de um artista."

Nós tínhamos parado num semáforo num cruzamento movimentado e estávamos esperando para atravessar a rua. Não havia sombra e o ar tremeluzia acima do tráfego latejante conforme o sol batia inclemente na nossa cabeça em meio ao barulho. Do outro lado da rua havia uma avenida com grandes árvores que pareciam nuvens roxas e em cuja penumbra, que lembrava um bosque, podiam-se discernir figuras humanas. Pessoas passeavam ou ficavam sentadas em bancos em meio a troncos escuros e sob a densa e intrincada folhagem, cujas profundidades de luz e sombra iam ficando mais complexas quanto mais eu olhava. Vi uma mulher em pé com o olhar ausente fixo à frente enquanto uma criança pequena se agachava para examinar algo no chão. Vi um homem sentado de pernas cruzadas num banco virar a página do seu jornal. Uma garçonete trouxe um copo para alguém sentado numa mesa, e um menino chutou uma bola que partiu zunindo para dentro das sombras. Pássaros ciscavam o chão alheios a tudo. A separação entre aquele lugar silencioso que parecia uma clareira e a calçada estrondosa na qual nós estávamos pareceu por alguns instantes tão absoluta que foi quase insuportável, como se representasse uma desordem tão fundamental e intransponível que qualquer tentativa de corrigi-la se revelaria em última instância inútil. O semáforo abriu e começamos a atravessar. O suor escorria pelas minhas costas e no meu peito havia surgido uma pressão que parecia uma extensão da pressão do sol, como se ele houvesse me incorporado dentro de si.

Quando chegamos à igreja que Paola tinha descrito, estava fechada. Ela ficou andando para lá e para cá em frente à porta, como se esperasse que outra entrada fosse surgir.

"Que pena", falou. "Queria que você visse. Já tinha imaginado tudo", disse ela, decepcionada.

A praça na qual estávamos era pequena e parecia um poço, e como o sol batia bem em cima dela restava apenas uma borda de sombra rente às paredes dos prédios claros com persianas fechadas nas janelas. Recostei-me numa delas e fechei os olhos.

"Você está bem?", ouvi Paola perguntar.

Depois do calor e da luz do lado de fora, o restaurante estava tão escuro que dava a sensação de ser o meio da noite. Numa mesa no canto mais afastado uma mulher estava sentada debaixo de uma reprodução de *Salomé com a cabeça de são João Batista*, de Artemisia Gentileschi. Na sua frente, sobre a mesa, havia um capacete de bicicleta.

"Estamos muito atrasadas", disse Paola, e Felícia deu de ombros e fez com a boca larga uma careta que era metade sorriso, metade reprovação.

"Não faz mal", falou.

Sentamo-nos e Paola embarcou numa explicação do nosso desvio e de seu objetivo fracassado enquanto Felícia acompanhava pacientemente a história com o cenho franzido.

"Acho que não conheço esse lugar", disse ela.

Ficava bem no pé do morro, disse Paola, a poucas centenas de metros dali.

"Mas vocês chegaram de táxi", disse Felícia em tom de dúvida.

Foi por causa do calor, disse Paola.

"Você está com calor?", perguntou-me Felícia, aparentando surpresa. "Não está fazendo tanto calor no momento", disse ela. "Nesta época do ano pode ser bem pior."

"Mas se você não está acostumada, pode afetá-la de outro jeito", disse Paola.

"Imagino que sim", disse Felícia.

"Basta um pouquinho para subir à cabeça", disse Paola. "Como vinho. Estou com vontade de tomar vinho", acrescentou ela, estendendo a mão para o cardápio. "Estou com vontade de perder o referencial."

Felícia aquiesceu devagar.

"Boa ideia", falou.

Era uma mulher alta e magra, com um rosto comprido e pálido que à luz fraca do restaurante parecia talhado em sombras profundas.

"Vamos... como é mesmo a expressão?", disse Paola. "Vamos soltar as gravatas."

"Afrouxar", disse Felícia. "Vamos afrouxar as gravatas."

"Felícia usa uma gravata muito apertada", disse Paola, e Felícia lhe abriu seu sorriso estranho, metade sorriso metade careta.

"Nem tanto", disse ela.

"Muito apertada", disse Paola, "mas não a ponto de sufocar. É preciso manter você viva, né? Você é mais útil assim."

"Verdade", disse Felícia, tirando seu capacete de bicicleta da mesa para o garçom poder acomodar o vinho.

"Que história é essa?", exclamou Paola. "Você está de bicicleta?"

"Estou de bicicleta", disse Felícia.

"Mas o que houve com o seu carro?", perguntou Paola.

"Stefano levou", respondeu Felícia. Ela deu de ombros. "O carro é dele, afinal."

"Mas como você vai fazer sem o carro?", disse Paola. "Você mora longe demais, é impossível."

Felícia pareceu refletir sobre o assunto.

"Impossível não é", disse ela. "Só preciso acordar uma hora mais cedo."

Paola balançou a cabeça e disse um palavrão entre os dentes.

"O que me ofendeu", disse Felícia, "foi o motivo que ele deu para levar o carro. Disse que não tinha mais confiança para deixá-lo comigo."

"Confiança?", repetiu Paola.

"O combinado", disse Felícia devagar, "era que quem estivesse cuidando de Alessandra ficava com o carro. Então, se

Stefano estivesse com ela no fim de semana, o carro ia junto. Mas como na maior parte do tempo ela está comigo, o carro fica parado em frente ao meu apartamento. Quando acontece alguma coisa errada com ele, Stefano espera que eu resolva. Duas semanas atrás", disse ela, "foi preciso trocar os quatro pneus, e isso custou quase metade do meu salário do mês."

"Então ele saiu ganhando", disse Paola.

"Foi depois de trocar os pneus que eu recebi uma carta do advogado de Stefano", disse Felícia. "A carta dizia que o meu salário não era suficiente para justificar ter um carro e arcar com os custos da manutenção. Eu não tinha reparado", disse ela, "que o carro não estava mais lá. Estava aprontando Alessandra para a escola e estávamos atrasadas, mas quando li a carta olhei pela janela e vi que o carro não estava lá. Como Stefano tinha a chave", falou, "me dei conta de que ele devia ter ido lá durante a noite e levado o carro enquanto estávamos dormindo. Eu tinha uma agenda bem cheia naquele dia e dependia completamente do carro, então fiquei chocada com o fato de ele não ter me avisado. Mas além disso", falou ela, "entendi que inconscientemente o carro me dava um sentimento de segurança e legitimidade, porque, mesmo sendo caro de manter, o fato de eu dividi-lo com Stefano parecia proporcionar alguma espécie de proteção. Até aquele momento em que olhei pela janela e vi um espaço vazio onde antes estava o carro, eu vinha me agarrando a uma ilusão, quando uma hora antes teria jurado não ter mais ilusão alguma. E mesmo depois", disse ela, "continuei iludida, pois peguei o telefone e liguei para Stefano pensando que deveria ter havido algum engano. Ele estava muito calmo", disse ela, "e falou comigo como se eu fosse uma criança travessa a quem fosse preciso explicar o castigo, e quando comecei a chorar ficou mais calmo ainda e concordou que era muito triste eu causar aqueles infortúnios a mim mesma com a minha falta de autocontrole."

"Mas isso está completamente errado", exclamou Paola. "A sua advogada pode argumentar que você precisa do carro porque está cuidando da menina."

Felícia aquiesceu devagar.

"Eu também pensava que sim", falou. "Então liguei para ela, muito embora esse tipo de conversa seja bem caro, e ela disse que a questão era apenas uma, saber em nome de quem estavam os documentos do carro. Segundo ela, não havia absolutamente nenhum argumento moral que eu pudesse usar, o que achei tão impossível de acreditar que acabamos falando por tempo demais e então, além de tudo, somando uma conta de honorários imensa. A essa altura já deveria saber", disse ela, "que Stefano não faz nada com base no que é certo ou errado, mas age, isso sim, de acordo com aquilo que a lei lhe permite fazer. Ele entende que a lei pode ser usada como sua arma, enquanto eu penso nela apenas com relação à justiça, e a essa altura já é tarde demais."

"Que falta de sorte a sua Stefano ser tão inteligente", disse Paola, e Felícia sorriu.

"É verdade que eu fiz questão de escolher alguém inteligente", disse ela.

"O Bucaneiro usou a lei como se usa aquela bola grande na ponta de uma corrente para demolir uma construção", disse Paola. "Foi desajeitado e fez uma bagunça enorme, e no fim não sobrou nada. Mas se algum dia a lei permitir matar uma pessoa", disse ela, "eu vou ouvir alguém bater na minha porta antes de um minuto ter passado e vai ser ele, porque, embora ele não tenha visto problema algum em desrespeitar a lei de modos discretos que não o exponham, nunca apreciou a ideia de cumprir uma pena de prisão por minha causa, nem mesmo em troca do prazer de me matar."

Felícia se recostou na cadeira com a taça de vinho aninhada no colo e o sorriso melancólico quase invisível em meio às sombras.

"Que vinho bom", disse. "Me dá a sensação de que eu poderia só dormir e pronto."

"Você está cansada", disse Paola, e Felícia assentiu e semicerrou os olhos, ainda sorrindo.

"Hoje de manhã", disse ela devagar, "eu me levantei às seis, deixei Alessandra na escola às sete e fui de bicicleta até a faculdade onde leciono tradução para dar uma aula às oito. Então voltei de bicicleta e peguei o trem para o subúrbio, onde tinha duas aulas de inglês e francês para dar numa escola. O único problema", disse ela, "foi que um dos outros professores faltou hoje, então o número de alunos era o dobro do habitual e, como havia um teste marcado, houve o dobro de provas para levar para corrigir em casa. Eu não via como poderia carregá-las na bicicleta. Fiquei bem orgulhosa da solução que encontrei", disse ela, "que foi amarrar a pilha de papéis no assento e voltar pedalando em pé. Então", disse ela, "peguei o trem para a cidade e fui até a biblioteca, onde tinham me pedido para dar uma palestra sobre a catalogação de textos traduzidos antes de vir para cá. Alessandra não estava se sentindo bem hoje de manhã", acrescentou ela, "então eu meio que fiquei esperando receber um telefonema da escola dizendo que precisava ir buscá-la, e nesse caso eu não sei o que teria feito porque minha agenda estava totalmente lotada, mas felizmente a ligação não veio.

"Mas eu recebi outra ligação", disse Felícia, inclinando a cadeira para trás e encostando a cabeça na parede, "da minha mãe, dizendo que estava cansada de umas caixas e pequenos móveis que tinha concordado em guardar para mim e que, se eu não fosse pegá-los até o final do dia, iria colocá-los na rua. Eu lhe lembrei", disse ela, com seu estranho sorriso, metade sorriso, metade careta, "que como estou hospedada no apartamento de um amigo não tenho lugar nenhum onde guardar essas coisas, e agora tampouco tenho um carro com o qual possa ir pegá-las, enquanto a casa dela tem um sótão grande onde elas podem ficar sem incomodar ninguém. Ela disse que estava cansada de ficar com as minhas coisas no sótão e repetiu que as poria na rua caso eu não fosse pegá-las até o final do dia. Não era culpa dela, disse, eu ter feito uma confusão tão grande na minha vida e não ter sequer uma casa de verdade para morar. Você cresceu numa casa boa, disse ela, mas apesar disso espera que a sua filha viva como uma mendiga. Eu disse a ela, mãe, para você foi diferente, porque o papai cuidava de tudo e você não precisava trabalhar. E ela falou sim, e veja só o que toda essa sua igualdade fez por vocês: os homens não as respeitam mais e podem tratar vocês como a sujeira do sapato. Sua prima Angela nunca trabalhou, disse ela, e se divorciou duas vezes e é mais rica do que a rainha da Inglaterra porque ficou em casa e cuidou dos filhos e os tratou como seu trunfo. Mas você não tem casa, nem dinheiro, nem sequer um carro, disse ela, e sua filha vive por aí parecendo uma órfã da rua. Você não corta nem a franja da menina, disse ela, então a franja tapa os olhos e ela não consegue ver para onde está indo. E eu falei, mãe, Stefano gosta do cabelo dela assim e insiste para eu não cortar, então eu não posso fazer nada. E ela disse, eu não consigo acreditar que pus no mundo uma mulher assim, que deixa um homem lhe dizer o que fazer com os cabelos da própria filha. E repetiu que não queria mais as minhas coisas na casa dela e bateu o telefone.

"Ontem à noite", disse Felícia, "uma amiga foi nos visitar no apartamento, uma amiga que Alessandra nunca tinha visto. Estávamos conversando sobre o meu trabalho e Alessandra de repente interrompeu. Mamãe vive falando sobre o trabalho, disse ela a essa amiga minha, só que na verdade não é trabalho — o que ela chama de trabalho é o que outras pessoas chamam de hobby. Você não acha que é meio uma piada, disse Alessandra a essa amiga, chamar isso de trabalho quando tudo que ela faz é ficar sentada lendo um livro? E a amiga respondeu que não, não concordava, e que a tradução não só é um trabalho mas também uma arte. Alessandra olhou para ela e então disse para mim: mãe, quem é essa pessoa no nosso apartamento? Ela não está muito bem-vestida, disse Alessandra; na verdade parece uma bruxa. Minha amiga tentou rir, mas pude ver que tinha ficado muito chateada por alguém falar com ela assim, principalmente uma criança de cinco anos, e não pude explicar a ela na frente de Alessandra que é assim que Stefano está finalmente conseguindo se vingar, envenenando minha própria filha contra mim e enchendo-a com seu próprio temperamento arrogante. Eu me lembro", disse Felícia, "assim que Stefano e eu nos separamos, ele um dia a levou embora e não a trouxe de volta. Deveria ter ficado com ela só por algumas horas, mas a manteve consigo por dias e se recusou a responder os meus telefonemas e mensagens. Durante esses dez dias eu quase enlouqueci de tristeza; não acho que tenha dormido por mais de alguns minutos de cada vez e fiquei andando para lá e para cá pelo nosso apartamento como um animal enjaulado, esperando a situação acabar. Só mais tarde", disse ela, "entendi que a dor que suportei nesses dias não foi a dor da responsabilidade. Não foi uma consequência da minha briga com Stefano, mas o resultado de uma crueldade calculada, tanto com a criança quanto comigo: roubar Alessandra era uma demonstração de força e um modo de me provar o seu poder, o fato de ele poder levá-la embora e trazê-la de volta quando bem entendesse. Se nós tivéssemos brigado fisicamente", disse ela, "ele também teria ganhado, e era isso que estava deixando claro para mim me tirando a criança como bem entendesse, que se eu pensava que tinha poder — ainda que somente o velho poder da mãe — estava completamente enganada. Além do mais, eu não tinha ficado livre ao abandoná-lo; na verdade o que tinha feito fora abrir mão de todos os meus direitos, que para começo de conversa ele só tinha estendido a mim e me transformado em sua escrava. Em um trecho num dos seus livros", disse ela para mim, "você descreve como lidou com algo bem parecido, e eu o traduzi com muito cuidado e grande cautela, como se fosse algo frágil que eu sem querer pudesse quebrar ou matar, porque essas experiências não pertencem integralmente à realidade e prová-las é uma questão da palavra de uma pessoa contra a de outra. Era importante que eu não entendesse errado nenhuma palavra", disse ela, "e depois senti que, enquanto você tinha legitimado essa realidade parcial ao escrever sobre ela, eu a tinha legitimado outra vez ao conseguir transpô-la para outro idioma e garantir que ela sobrevivesse."

"Nós sobrevivemos", disse Paola, inclinando sua taça de vinho vazia para olhar dentro dela. "Nossos corpos sobrevivem ao uso que eles fazem deles, e é isso mais do que tudo que os irrita. Esses corpos continuam a existir, vão ficando mais velhos e mais feios e lhes dizem a verdade que eles não querem escutar. O Bucaneiro continua me perseguindo mesmo depois de tantos anos", disse ela, "fazendo questão, sempre que eu dou algum sinal de vida, de estar presente para esmagá-lo. Minha cabeça está rodando de tanto vinho", acrescentou ela com um sorriso torto e travesso, "do mesmo jeito que ele costumava me rodar pelos cabelos, só que agora não dói. Isso é vingança, não? Doía muito quando ele puxava o meu cabelo", disse ela, "então é bom falar dessas coisas quando a sua cabeça está rodando mas é por causa do vinho, e com o quadro da cabeça cortada de um homem numa bandeja diante dos meus olhos. O que eu não entendo", disse-me ela, "é por que você se casou outra vez sabendo o que sabe. Você pôs isso por escrito", disse ela, "e isso traz consigo todas as leis."

Eu tinha esperança de derrotar essas leis, falei, atendo-me a elas. Meu filho mais velho certa vez fizera uma cópia daquele quadro na parede, falei, com a diferença de que tinha deixado de fora todos os detalhes e apenas indicado em blocos as formas e as relações espaciais entre elas. O interessante, falei, era que sem esses detalhes e a história à qual eles estavam associados o quadro se tornava um estudo não sobre o assassinato, mas sobre a complexidade do amor.

Paola balançou a cabeça devagar.

"Não é possível", falou. "Essas leis são para os homens e talvez para as crianças. Mas para as mulheres é só uma ilusão, como o castelo de areia na praia, que no fim das contas é apenas um jeito de o menino provar sua natureza, construindo o edifício temporário até ele também poder virar um homem. Na lei a mulher é temporária, entre a permanência da terra e a violência do mar. É melhor ser invisível", disse ela. "É melhor viver do lado de fora da lei. Melhor ser... qual é mesmo a palavra?"

"Uma fora da lei", disse Felícia, sorrindo nas sombras.

"Uma fora da lei", disse Paola, satisfeita. Ergueu sua taça vazia e a encostou na de Felícia. "Eu prefiro viver como uma fora da lei."

O taxista tinha indicado o caminho até a praia do ponto na rua em que me deixou, fazendo largos gestos com os braços para transmitir a necessidade de continuar andando depois do calçadão, que seguia em curvas por entre as dunas até desaparecer. O calor branco e pesado da tarde tinha começado a diminuir e o céu adquirira um suave tom arroxeado. O cimento branco da mureta que margeava a areia conservava o resíduo da claridade do dia em contraste com uma linha nítida de sombra que avançava. O ruído abafado da água se erguia de trás das dunas e de repente a sensação de peso e vastidão do mar estava lá, apesar de ele não poder ser visto.

Meu celular tocou e a tela exibiu o nome do meu filho mais novo.

"Aconteceu uma espécie de desastre", disse ele.

Me conte, falei.

Foi ontem à noite, disse ele. Ele e alguns amigos tinham provocado um incêndio por acidente, disse. Houve alguns prejuízos e ele estava preocupado com quais seriam as consequências.

Não adiantava nada ligar para você porque você está viajando, disse ele. Mas aí eu também não consegui ligar para o papai.

Perguntei se ele estava bem. Perguntei como aquilo tinha podido acontecer e no que ele estava pensando.

"Faye", disse ele, impaciente, "quer por favor me escutar?"

Ele e um outro menino e uma menina estavam no apartamento de um amigo, à noite. O apartamento ficava num prédio que tinha academia e piscina no subsolo. Por volta da meia-noite, os três tinham decidido nadar e tinham descido até lá com suas toalhas e roupas de banho. Usaram os vestiários, mas quando os meninos saíram do vestiário masculino a porta se fechou e se trancou atrás deles. O outro menino havia deixado a toalha lá dentro, estendida em cima de um aquecedor. Em poucos minutos, eles viram pela janela do vestiário que a toalha estava pegando fogo. Encostado numa parede havia um limpador de piscina com um cabo comprido, disse meu filho, então eu o peguei, quebrei a janela, consegui pescar a toalha e puxá-la de volta pela janela e a gente apagou o fogo. Tinha caco de vidro por toda parte, falou ele, e a piscina inteira estava cheia de fumaça, e aí um alarme disparou e uma porção de gente começou a aparecer correndo. Eles gritaram com a gente e nos acusaram de vandalizar o prédio e ficamos tentando explicar o que havia acontecido mas eles não escutavam. Os outros dois tinham pisado no vidro, disse ele, e estavam com os pés sangrando e chorando de tanto medo, mas aquelas pessoas ficaram só gritando na nossa cara. Uma delas estava falando dos seus filhos, disse ele, que estavam dormindo no apartamento do andar logo acima e não parava de dizer o quanto eles teriam ficado traumatizados ao acordar e ver que tinha fumaça no quarto, muito embora as crianças na verdade não tivessem acordado. Eles pegaram nossos nomes e endereços e disseram que iam chamar a polícia, disse ele, aí foram embora. Ficamos ali, eu limpei todo o vidro e passei horas tirando os cacos dos pés dos outros dois. Eles estavam realmente abalados, disse ele, e depois de um tempo eu disse para irem para casa e pronto, que eu ficaria ali esperando a polícia chegar. E eu esperei, esperei, disse ele, mas a polícia não veio. Esperei a noite inteira, disse ele, e no fim das contas acabei indo embora e indo para a escola.

Ele começou a chorar.

Passei o dia inteiro esperando alguém aparecer e me tirar da aula, disse ele. Não sei mais o que fazer.

Perguntei a ele se era permitido nadar na piscina à noite.

É, gemeu ele. As pessoas vivem fazendo isso. E não é nossa culpa a história da porta, porque meu amigo me falou que ela estava quebrada e eles deveriam ter consertado. Eu sei que fomos burros de pôr a toalha em cima do aquecedor, mas não tinha nenhum aviso dizendo para não fazer isso e a gente não se deu conta de que ela podia pegar fogo. Eu não sei por que a polícia não veio, disse ele. Quase queria que tivesse vindo, porque agora não sei o que fazer.

A polícia não foi porque vocês não fizeram nada de errado, falei.

Ele ficou calado.

Na verdade, falei, você deveria receber parabéns, porque foi uma boa ideia usar o limpador de piscina ou o prédio poderia ter pegado fogo.

Eu escrevi uma carta, disse ele logo depois. Escrevi no recreio. Explicando tudo que aconteceu. Pensei em levar lá e deixar para as pessoas lerem.

Fez-se um silêncio.

Quando você volta?, perguntou ele.

Amanhã, respondi.

Posso ir para a sua casa?, disse ele, e então falou: às vezes sinto que estou prestes a cair da borda de alguma coisa e que não vai ter nada nem ninguém para me segurar.

Você está cansado, falei. Passou a noite em claro.

Estou me sentindo muito sozinho, disse ele, e ao mesmo tempo não tenho privacidade. As pessoas simplesmente agem como se eu não estivesse lá. Eu poderia estar fazendo qualquer coisa, disse ele. Poderia estar cortando os pulsos e ninguém nunca saberia nem se importaria.

Não é culpa sua, falei.

Elas me perguntam coisas, disse ele, mas não conectam as coisas entre si. Não as relacionam com as coisas que eu já lhes disse. É apenas um monte de fatos sem significado.

Você não pode contar sua história para todo mundo, falei. Talvez só possa contar para uma pessoa.

Talvez, disse ele.

Venha quando quiser, falei. Mal posso esperar para te ver.

O céu tinha adquirido um vermelho opaco e uma brisa que havia se erguido fazia o mato seco em meio às dunas ondular de um lado para outro. O calçadão estava deserto e fui seguindo por ele até dar num trecho de praia. Era uma praia selvagem e coalhada de lixo e o mar rugia e estourava no ponto em que a areia descia em direção à água. O vento ali estava mais forte e as dunas projetavam suas sombras montanhosas cada vez mais compridas pela areia grossa e acinzentada. No meio das sombras vi figuras humanas, agachadas, de pé ou sentadas. A maioria estava disposta em pares e não se mexia, ou se movia de modo discreto e absorto, como se estivessem entretidas em alguma tarefa primitiva. A uma curta distância havia uma fogueira feita com rejeitos da praia e o vento fazia a fumaça subir rodopiando. Havia mais figuras reunidas em volta da fogueira e as pontas acesas de seus cigarros formavam pontos laranja nítidos na luz do crepúsculo. Às vezes eu conseguia ouvir os ruídos baixos de conversas e então o vento e as ondas do mar quebrando as abafavam.

Comecei a andar entre as figuras até o mar. Eram homens e estavam todos nus ou às vezes vestidos com um simples tapa-sexo. Alguns mal passavam de meninos. Ficavam em sua maioria em silêncio quando eu passava e desviavam os olhos ou pareciam não me ver, embora um ou dois tenham me encarado de modo franco e inexpressivo. Um rapaz de beleza espantosa cruzou de relance o meu olhar e então tornou a olhar para o outro lado, enterrando o rosto timidamente no ombro denso e musculoso de seu companheiro. Ele estava ajoelhado e vi as formas arredondadas de suas nádegas sob a mão grande do outro homem. Continuei andando, passando pelo grupo reunido em volta da fogueira, que se virou para me olhar como animais surpreendidos num bosque. A estranha luz vermelha tinha se espalhado pelo céu numa grande mancha matizada de amarelo e preto. Bem lá longe, as construções das docas e os subúrbios pairavam difusamente em meio a uma névoa borrada de espuma do mar. Encontrei um pedaço de areia livre e comecei a tirar minhas roupas. A poucos metros de mim, o mar ondulava e chacoalhava, grande e inquieto, riscado de vermelho e cinza. O vento para lá das dunas estava mais forte e uma fina chuva de areia soprava sobre a minha pele. Desci até a água, avançando depressa pelas ondas que se sucediam. A areia se inclinava de modo tão abrupto que fui rapidamente sugada para dentro da massa movente, cuja densidade e poder pareciam me manter na superfície sem qualquer esforço, fazendo-me subir e descer com suas ondulações. Os homens tinham se virado para me olhar. Um deles se levantou, um homem imenso e forte com uma grande barba encaracolada preta, uma barriga redonda e coxas que pareciam presuntos. Bem devagar, desceu até a beira d'água, com os dentes brancos a cintilar debilmente num sorriso em meio à barba e os olhos cravados nos meus. Encarei-o de volta da minha distância suspensa, subindo e descendo. Ele parou bem na arrebentação e ficou ali em pé nu feito uma divindade, resplandecente e sorrindo. Então segurou seu pênis grosso e começou a urinar na água. O jato saiu tão abundante que formou um arco espesso, cintilante, como uma corda dourada que ele estivesse lançando ao mar. Ele me encarou com olhos pretos tomados por um deleite malévolo enquanto o jato dourado se derramava incessante, até parecer impossível ele poder conter mais alguma coisa. A água me sustentava, ondulando, como se eu estivesse deitada no colo de alguma criatura que suspirava enquanto o homem se esvaía em suas profundezas. Encarei seus olhos cruéis e alegres e esperei que ele parasse.

We acknowledge the support of the Canada Council for the Arts.
Nous remercions le Conseil des arts du Canada de son soutien.

Grafia atualizada segundo o Acordo Ortográfico da Língua Portuguesa de 1990, que entrou em vigor no Brasil em 2009.

capa
adaptação da capa original de
Rodrigo Corral para Faber & Faber
imagem de capa
Charlie Engman
composição
Jussara Fino
preparação
Mariana Delfini
revisão
Ana Alvares
Huendel Viana

1ª reimpressão, 2021

Dados Internacionais de Catalogação na Publicação (CIP)

Cusk, Rachel (1967-)
Mérito / Rachel Cusk ; tradução: Fernanda Abreu. — 1. ed. — São Paulo : Todavia, 2021.

Título original: Kudos
ISBN 978-65-5692-122-8

1. Literatura inglesa. 2. Romance. I. Abreu, Fernanda. II. Título.

CDD 823.9

Índice para catálogo sistemático:
1. Literatura inglesa: Romance 823.9

Bruna Heller — Bibliotecária — CRB 10/2348

todavia
Rua Luís Anhaia, 44
05433.020 São Paulo SP
T. 55 11. 3094 0500
www.todavialivros.com.br

fonte
Register*
papel
Pólen soft 80 g/m²
impressão
Geográfica